C'EST CELA!

DE L'IMPRIMERIE DE LEFEBVRE,

Rue de Lille , n°. 688.

Je ne crois pas qu'il y ait de Ville au monde où il y ait plus de chiens qu'à Paris; on en voit par-tout. Ils aboyent dans les rues après les Poëtes.

Page 34.

C'EST CELA !

OU

QUESTIONS

PARISIENNES,

Petite revue de nos grands travers.

PAR HENRION.

Une minute de plaisir vaut mieux que
cent ans de grandes pensées.

Les Sottises de tout le Monde, pag. 7.

A PARIS,

Chez HUMBERT, Libraire, rue de Grenelle
Saint-Honoré, n°. 90.

AN X. — 1801.

Un auteur, quel qu'il soit, bon, mauvais ou médiocre, est une créature que chacun se croit en droit d'attaquer; et si les critiques ne réussissent point à trouver des défauts à l'ouvrage, ils chercheront alors à flétrir l'auteur.

Le Moine, tom. 2, pag. 148.

PRÉFACE

Réunir dans un cadre, sans prétention, quelques idées philosophiques, des traits hardis, une critique souvent trop rigoureuse ; attaquer les préjugés sans nuire aux mœurs ; défendre la morale sans le secours des religions ; combattre les écrivains modernes sans les nommer ; tel a sans doute été le but de l'auteur de *C'est cela !* dont le manuscrit nous est tombé entre les mains. Encouragé par le succès de *Encore un Tableau de Paris*, qui, malgré quelques critiques, n'en a pas moins été lu avec avidité, tant à Paris que dans les départemens et chez l'étranger, principalement en Prusse, où les *Mémoires philo-sophiques* de l'auteur avoient été proscrits par l'ordre du roi ; nous nous empressons de mettre au jour cet opuscule, infiniment mieux écrit que ses *Révélations d'amour*, et où l'on trouve des idées aussi fraîches.

Le seul reproche qu'on pourroit faire à l'auteur de *C'est cela !* seroit d'avoir trop servilement imité le style de Sterne ; mais est-ce donc un mal de s'être rapproché d'un aussi bon modèle, et combien de jeunes débutans dans cette carrière, voudroient n'avoir pour éloges, que ce reproche adressé au citoyen Henrion ?

C'EST CELA!

OU

QUESTIONS PARISIENNES.

A B C.

EN lisant ces trois lettres de suite, on prononce *abaissé*....Sur combien d'hôtels et de comités, ne pourroit-on pas appliquer ces lettres en manière de rébus?

Abominable.

Œuvres de Sylvain Maréchal.

Abordable.

Dont l'abord est possible. Mais par corruption on a entendu dont l'abord est facile!..... Les Muses sont trop peu abordées et trop abordables; nos femmes sont trop peu abordables et trop abordées.

Administrations.

Dans les administrations, les hommes qui les composent ressemblent aux différentes parties d'une montre : les uns font l'office des ressorts; les autres seulement celui des rouages ; tandis que d'autres, plus machines encore, sont tout simplement des pivots.

Ah!

Cette exclamation arrive souvent dans le dialogue de nos comédies. Le père ordonne-t-il à sa fille d'épouser le rival qu'elle n'aime pas, ah! s'écrie l'amant préféré, avant de commencer sa tirade.... Le Frontin est-il seul, occupé de récapituler le nombre de ses fourberies, vient un moment où il est interrompu par du bruit qui lui fait dire aussitôt... Ah! c'est mon maître.

Il y a des ah! dans nos romans pour peindre des situations, des surprises, arrondir la tirade, et sur-tout remplir des pages; c'est aussi une manière de terminer une phrase, en disant au lecteur devine ce que j'ai voulu dire, ah!....

J'irai ce soir danser avec Merval, dit Lise à son amant, et celui-ci répond, ah! ah!... Cela veut dire, je suis surpris de votre effronterie... Mais cela n'empêche pas la belle de faire la démarche infidèle dont elle vient de le menacer. Si ah! ah! étoit une exclamation qui pût retenir une jeune fille, il seroit à mes yeux le premier mot de la langue française; je l'écrirois en lettre d'or sur mes tablettes, il seroit mon mot d'ordre dans toutes mes entreprises, et l'épigraphe de tous mes ouvrages.

Agiotage.

C'est l'art de donner des valeurs aux choses qui n'en ont qu'une précaire, et et d'en ôter à celles qui en ont une intrinsèque.

L'agioteur fait monter ou baisser les fonds publics à volonté. Assis sur le coffre-fort du commerce, il ne frappe pas monnoie, mais il assigne un taux à celle les monarques : la balance politique de l'Europe a souvent cédé sa place à son trébuchet, où en pesant le dernier écu du royaume, il comptoit en même temps le dernier soldat.

Si ce métier n'est pas le chemin de l'honneur, il l'est de la fortune. Armand Raguenau, qui a tant joué sur les mots sans jamais gagner la partie, a tâché d'esquisser le portrait d'un faiseur d'affaires, dans ces vers qui sont à mettre en chant.

> Jeune commis très-insolent,
> Du bonheur, pour trouver la route,
> Conçoit projet fort impudent;
> Pour le remplir rien ne lui coûte.
>   Il se procure adroitement,
>   Du crédit, de l'argent,
>   Et quand rien ne lui manque
>   Alors il entreprend
>   La banque.
> Il s'enrichit le plus souvent;
>   Et c'est alors qu'il manque:
> C'est un usage très fréquent,
>   Et qui sans doute
> Nous conduit à la bonne route,
>   Très-promptement;
>   Car on manque

En faisant
La banque,
Et l'on fait
Au parfait
Sa route
En faisant
Hardiment
La banque, la banque, la banqueroute.

Aligner.

Un homme aujourd'hui croit savoir faire des vers parce qu'il sait aligner des mots. Mais la symétrie des doubles rimes sous sa plume n'a fait qu'augmenter le désordre de ses idées et les magasins qui devront retourner à la beurrière.

Le poëte n'est pas le seul qui abuse de l'action d'aligner. Le cordeau a tracé des allées dans nos bois, quand le charme des forêts consiste dans cet heureux désordre, qui plaît, étonne et impose. La nature n'a rien aligné, parce qu'elle a fait tout en grand, et que la ligne n'appartient qu'au petit; elle n'a rien aligné depuis cette chaîne de montagnes, connue sous le nom de cordillières, jusqu'au plus petit ruisseau qui serpente dans nos prairies, à moins que la main de l'homme n'ait creusé son lit.

L'homme est le seul des animaux, vivant en société, qui ait pu faire aligner des soldats pour se battre contre son espèce. Les animaux les plus guerroyans se livrent bataille dans un beau désordre, tandis que nos héros ont une tactique perfectionnée pour s'entr'égorger où toutes les évolutions sont dessinées au compas..... Le canon gronde, il imite le tonnerre; mais il n'ose pas sortir de son rang, des crampons de fer l'enchaînent au bastion : c'est un superbe esclave!... On aligne tout dans un état policé ; les seuls pauvres sont jetés çà et là dans nos promenades, qu'ils déparent : il falloit retrancher quelques peupliers de cette superbe et longue avenue ou m'empêcher de voir le cul-de-jatte qui est au bout.

Je n'aime pas la ligne droite, mon œil s'y perd ; l'horizon le plus borné est encore trop loin pour mes sens.

Almanachs.

C'est ordinairement un petit ouvrage qu'on ne lit que pendant un an... Que d'in-folio faits pour la postérité, qui ne jouiront pas même du sort des almanachs!

Alphabet.

C'étoit jad's le commencement des études; mais aujourd'hui il paroît en être le terme pour beaucoup de gens.

Amazone.

C'est une femme qui fait des actions héroïques; je n'en vois plus depuis la reine Hyppolite; mais on grossit tous les jours la liste des hommes qui ont pris la quenouille, depuis Hercule jusqu'à ce moment.

Ambassadeur.

C'est le représentant d'une nation. Il est des ambassadeurs qui ont fait soupçonner qu'il existoit des peuples de pygmées, tandis que d'autres persuadoient facilement que leurs concitoyens étoient des géans.

Ame.

Que de gens nous prouvent le système des péripatétitiens , sans savoir de quelle secte ils sont.

Amour.

Pour bien le peindre , les mots n'ont pas assez de douceur , les phrases assez de chaleur , et les discours assez de charme. Il faut le sentir pour le connoître ; car dire que la lumière éclaire, n'est pas faire voir la lumière ; tel est l'amour: on peut écrire sur ce sentiment sans le définir ; mais on ne peut voir ROSE sans l'éprouver.

Anachronisme.

C'est une erreur de date. Comme elle rend l'étude de l'histoire trop pénible , on prie les femmes de quarante ans de ne jamais l'écrire.

Apparences.

Ce qui prouve qu'on ne doit pas se fier aux apparences, c'est le choix qu'un gourmand fit entre deux pommes, dont l'une avoit le coloris des calvilles, tandis que l'autre étoit tachée sur sa pellicule, comme le sont ordinairement les reinettes; mais quand elles furent ouvertes, il vit que la première étoit mangée au cœur par un ver, quand au contraire la seconde se trouvoit très-saine, même sous sa pelure: beaucoup de gens, par leur hypocrisie, sont la fable de la pomme au ver, tandis que d'autres paroissent, par leurs incon-séquences, être la pomme à la pellicule tachée, mais dont le fond n'en est pas moins pur.

Applaudissemens.

L'auteur qui veut en obtenir au théâtre peut employer divers moyens pour cela; j'en sais plusieurs qui sont infaillibles. Voyez cet écrivain qui connoît mieux son public que sa grammaire, il met en scène une pauvre femme, partageant son dernier morceau de pain noir entre trois ou quatre petits enfans, ayant soin de saisir cette situation pour lâcher une imprécation

contre les riches ; il l'accompagne de quelques exclamations, comme : O douleur !....
Ciel !...... Misérables !..... Pauvres
petits ! .... qu'allez-vous devenir ?.......
Demain, peut-être !.... Hélas !....

Aussitôt que ces hurlemens sont pous-
sés , la salle retentit du bruit des applau-
dissemens inspirés par les *bons cœurs*: les
visages de ces philantropes pleureurs ,
sont inondés d'un torrent de larmes ; ils
aiment à s'attendrir !.... Cependant ils
ont refusé une pièce de monnoie à ce
manchot qui leur demandoit l'aumône au
moment où ils prenoient un billet de
balcon , parce que ce sont les seules places
des gens du bon ton.

Il est un autre moyen d'arracher des
bravo. C'est de remplir sa pièce de phrases
qui fassent application : le gouvernement
punit-il les fournisseurs infidèles, on fait
lancer un trait contre eux, par un Frontin,
qu'on a la loyauté de leur donner pour
ancien camarade : cette diatribe ne ressort
pas du tout du fond du sujet , elle n'y a
même aucun rapport , et ne sert en rien au

dénouement ; elle n'est pas placée non plus
dans la bouche de celui qui auroit dû la
débiter ; mais c'est égal , il a reveillé la
malignité ou la vengeance des spectateurs,
et la p'èce va jusqu'à la fin , grâce à ce
secours auxiliaire. ... Mais n'avez-vous
pas la force de dire des sottises à ceux qui
ne vous ont jamais fait aucun mal , placez
à tort et à travers , la *rose* avec l'*aurore*
dans vos couplets. ...; et pour prouver
qu'un fils soumis connoît le *sentiment,*
faites le baiser son *bon père* , et que cette
affection soit inspirée par *la nature* , car
ces mots ont un effet magique sur l'esprit
du spectateur. Cela est d'autant plus aisé
qu'avec une douzaine de rimes vous pou-
vez chanter tous les trésors de nos campagnes et les vertus d'un bon ménage.

Approfondir.

Il est souvent dangereux d'approfondir
ce qui nous rend heureux.

Aqua-Toffana.

C'est le plus subtil de tous les poisons.

Nous en devons la découverte aux Italiens, ce qui n'est point surprenant, attendu que leur pays étoit peuplé de prêtres, engeance fanatique, hommes foibles par caractère et poltrons par habitude; défauts qui invitent ordinairement à ne conspirer que dans les ténèbres.

La cigüe, qui est poison pour les hommes, ne l'est point pour les porcs; c'est une bizarrerie de la nature, qui a voulu que ce qui frappe de mort les uns, n'occasionne seulement pas la colique aux autres. Pour obtenir *l'aqua-toffana*, on nourrit, dès l'âge le plus tendre, un cochon, auquel on ne donne que de la cigüe pour tout aliment : lorsqu'il est devenu gras on le tue, puis ensuite on pend des bandes de son lard au plancher, où en sechant ainsi exposé à l'air, il en sort une eau qu'on a soin de recueillir, et qui est ce poison dont l'effet est si terrible.

Jeunes gens voulez-vous fuir un autre *aqua-toffana*, ne vous énivrez pas avec ces filles dont la bouche a l'incarnat de la rose, et le sein la blancheur du lys, mais qui, comme l'animal immonde engraissé de ciguë, mêlent dans la même coupe l'absynthe du repentir et le nectar de la volupté.

Arabe.

Comme les habitans de l'Arabie se répendant dans le monde pour y faire le commerce, on a fait du mot arabe le synonyme d'homme peu accommodant ou voulant gagner beaucoup. Dans ce cas les Arabes peuvent venir à Paris et se trouver encore au sein de leur patrie.

Arlequin-Gilles.

On ne sait pas encore au juste quel est le père d'*Arlequin*; en cela il a beaucoup de ressemblance avec d'illustres personnages, qui ne paroissent pas s'en inquiéter plus que lui. Les Arlequins forment-ils une seule famille, qui soit sensée se régénérer d'elle-même sans mêler son sang à un sang étranger ? Si cela est, pourquoi place-t-on sur le même oreiller l'ébène

de son teint à côté des lys de Colombine,
et ne lui fait-on jamais épouser une Ar-
lequine ?

D'où provient Gillès, qu'on voit toujours rester garçon au théâtre ? Est-il
comme le Phénix, se régénère-t-il de ses
propres cendres ?... Sa race devroit être
éteinte depuis le temps qu'il n'a plus de
femme ? Pour qu'il soit vraisemblable qu'il
ait une progéniture, il faudroit, ce me
semble, qu'il se mariât quelquefois, ne
fût-ce que pour le faire endéver.

Ariette.

Morceau de musique qui est plutôt fait
pour l'acteur que pour le poëme. Les paroles d'une aïette ne sont que pour in-
diquer la situation au musicien. Il y a des
compositeurs qui retranchent une syllabe
quand cela leur plaît, et qui répètent le
même mot autant de fois que cela devient
nécessaire au rithme musical ; de façon
que la mesure de la musique n'existe
qu'aux dépens de celle de la poésie, et

que les vers d'un opéra comique ne sont que de la prose sans hyatus.

On entendit un jour des cris perçans près d'un théâtre lyrique, on accourut pour porter des secours, attendu qu'on croyoit qu'il arrivoit quelqu'accident, mais on fut bientôt désabusé : c'étoit une jeune actrice qui beugloit une ariette.

Il n'y a rien de plus risible, lorsque les bourgeois de la rue St.-Denis, ont mangé l'oie en famille, le dimanche, que de voir le père ou l'oncle d'une grande dinde de dix-huit à vingt ans, la prier de *régaler* la société d'une ariette qu'elle a déjà écorchée sur l'antique clavecin en bois noir qui gît dans l'arrière-boutique, où il rend un son chaudronneux. La demoiselle qui se croit intéressante, parce que le courtaud de boutique, son voisin, lui a fait les yeux doux et a osé lui adresser une lettre anonyme et sans orthographe, se fait d'abord un peu prier et ensuite *régale* la société d'un morceau qu'on a entendu chanter à madame *Scio*, ou à mademoiselle *Armand*. . . . Quelle

2

effronterie! . . . oser répéter les chants que
ces femmes ont rendus inimitables! . . .
Peut-on chercher à intéresser encore sur
un air qu'on a entendu exécuter à grand
orchestre, avec toute la magie qu'on dé-
ploie au spectacle! . . . Insensées! vous osez
essayer de subir la comparaison. . . ridicule parodie! . . . Laissez chanter l'ariette
à nos virtuoses, contentez-vous des flon,
flon; et souvenez-vous que votre plus
grand talent, est de savoir tricotter pas-
sablement.

Arrondir.

Une phrase qui ne peindroit qu'une
idée commune, mais qui seroit bien *ar-
rondie*, auroit plus de charme qu'un trait
spirituel mal amené. Il n'en est pas de
même des filles entr'elles, car la plus
simple qui ne s'est pas laissé *arrondir*
est préférable à la plus jolie à qui l'amour
auroit joué ce tour. . . . Heureux l'écrivain qui *arrondit* ses phrases avec la
plume de Racine, et ses maitresses avec
la flèche du dieu de Gnide. . . . . Mais

qu'il est à plaindre le poëte dont la verve usée *n'arrondit* plus qu'à regret et les madrigaux et les belles.

> En dépit du goût et des femmes
> On voit Cléon dans ses travaux,
> Aiguiser ses lourds madrigaux,
> Puis arrondir ses épigrammes.

Artiste.

C'est le titre générique de tous ceux qui professent un art.

Depuis qu'on a voulu l'étendre de l'espèce à l'individu, on a désigné comme artistes le bottier aussi bien que le peintre d'histoire; le perruquier comme le comédien. L'amour-propre des uns en a été flatté, quand l'orgueil des autres en étoit outragé. Cependant tous sont véritablement des artistes, mais chacun dans l'art qui le concerne. Le titre d'artiste donné à un homme collectivement est trop vague; des peintres, des comédiens, des perruquiers sont des artistes; mais l'art de faire respirer la toile, fait que David est peintre; l'art de déclamer rend

Dugazon comédien, et le talent de rouler des cheveux en papillottes a fait de Dunan un perruquier. Les habitans de ce monde sont tous des hommes, mais le citoyen de Londres est anglais, celui de Madrid espagnol, et celui de Paris français. Ce n'est donc jamais le titre générique qui fait bien connoître un homme; celui qui désigne le mieux ce qu'on est, est celui qui se rapproche le plus de l'individu. Ainsi il faut dire, pour s'assigner une place dans la société, je suis français, avant de dire je suis homme; et je suis comédien avant de dire je suis artiste.

Astrologues.

Gens qui ont l'orgueil de vouloir lire dans le ciel, et qui n'ont pas assez de connoissances pour savoir ce qui se passe sur la terre.

Attraction.

Un fétu de paille s'agite, tourne et vole vers l'ambre chaud : quand je vis

Rose, mon cœur devint le fétu, et ses
attraits l'ambre qui l'attira sans cesse.

Avarice.

Les défauts d'un avare existent dans son
cœur; ceux d'un prodigue ne sont que
dans sa tête.

Azor.

Azor étoit un petit chien que j'ai beaucoup connu; il donnoit la patte quand
on lui ordonnoit de rapporter, et il rapportoit quand on vouloit le faire danser :
ces petites distractions de sa part n'em-
pêchoient cependant pas sa maitresse de
le trouver charmant, et de préférer son
savoir à celui des chevaux de Franconni....
J'ai depuis connu de beaux esprits dans
le monde qui ont eu la même destinée
que ce petit chien; leurs productions n'ont
dû leurs succès qu'aux Lycées qui les
préféroient en dépit des uvrages de goût;
ce qui prouve qu'il vaut mieux travailler
pour ses coteries que pour son siècle, et
pour son siècle que pour la postérité.

Bal.

Lieu où l'on dansoit jadis, et où maintenant on joue à la bague, au volant, à la roulette, et où l'on jure ou médit.

Balances.

On a reformé les anciennes pour en faire de calculées sur le méridien. Mais, hélas! on n'en fera jamais que l'or ne fasse pas pencher à volonté.

Baleine.

Elles contiennent le corps des jeunes demoiselles, afin de les rendre mieux faites. Pourquoi ne cherche-t-on pas un semblable instrument au moral, pour rendre le cœur meilleur ou l'esprit plus juste?

Les baleines-buscles sont de la famille des thermes, mais leur caractère a beaucoup dégénéré chez elles, car les thermes ne se derangeoient pas devant le maître des dieux, tandis que le plus petit des hommes change une baleine de place.

Bientôt.

ROSE m'avoit promis de venir *bientôt*, et je ne la vois pas encore... Est-ce que le *bientôt* auroit deux durées différentes? L'une quand on attend l'objet qu'on aime, et l'autre quand on savoure la douce volupté de faire des heureux.

J'ai connu un *bientôt* qu'on a attendu dix ans; peut-être en est-il qu'on attendra dix siècles : le *bientôt* de la paix est venu bien tard; le *bientôt* du bonheur viendra-t-il jamais? Mon libraire me paiera-t-il bientôt, et mes critiques cesseront-ils bientôt d'aboyer?

Bœufs.

On n'orne point les cornes de ceux que l'on conduit à la boucherie, tandis que *Robespierre* avoit fait dorer celles des bœufs qui devoient traîner son char le jour de la fête à l'Être Suprême. C'étoit sans doute par respect pour l'égalité. Ces deux espèces de cornes, dont l'une annonce la richesse et l'autre la pauvreté, ont beaucoup d'analogie avec celles des maris de Paris. L'un d'eux disoit un jour à sa femme : Si jamais tu me fais porter des cornes , je ne te pardonnerai que celle de la chèvre Amalthée..... La femme qui ignoroit sa mythologie , s'informa de ce que c'étoit que la corne de la chèvre Amalthée , et on lui apprit que c'étoit la corne d'abondance. — En ce cas mon mari sera content , reprit-elle ; mais au lieu de lui faire porter la corne d'abondance , elle lui en fit porter abondamment , croyant que c'étoit la même chose. Comme cette erreur ne lui permettoit pas de porter des dentelles aussi bien que ses voisines , elle fut bientôt mieux instruite par l'exemple de nos bourgeoises que par les leçons de Chompré, et fit ses excuses à son époux, en lui jurant qu'à l'avenir elle ne s'y méprendroit plus , et que sa première corne les nourriroit aussi bien que la corne d'abondance.

Bois.

Rendez-vous ordinaire des amans : c'est

là que les garçons vont rejoindre les filles qui les y ont devancés sous le prétexte d'aller cueillir la noisette, et qui souvent en rapportent un fruit plus tardif.... Ce n'est pas leur faute : le pied glisse, on tombe, et l'amour quand il est adroit, sait profiter d'une chûte, du moins c'est le sentiment d'un gros auteur de circonstances qui se connoît en chûtes... Mais chut! et revenons au bois sans débiter de fagots.

C'est dans ces doux asyles que souvent la bergère est poursuivie par un téméraire amant, qu'elle fuit en s'enfonçant dans le plus épais de la feuillée, mais toujours de manière à se laisser attraper, et alors, si elle crie, ce n'est pas au loup : bientôt la bouche de l'amant ferme la sienne; sûr du silence, il la presse. — Ils tombent sur la fougère, et l'ombrage des arbres m'empêche de voir ce qui se passe.... Quelques chansonniers ont appelé cela voir la feuille à l'envers, et c'est cette situation qui sans doute aura amené le refrein si connu :

« V'là c'que c'est qu'd'aller au bois,
» On y va deux, on en r'vient trois ».

3

Bougie.

Une bougie peut en allumer mille au-tres sans rien perdre de son éclat ; elle com-munique ses feux sans les voir diminuer. Le flambeau de l'Amour n'a pas le même privilége : s'il allume celui de l'Hymen, c'est presque toujours à ses dépens ; heu-reux encore si ce dernier ne finit pas par l'éteindre tout-à-fait.

Buffon.

Une femme, en lisant l'Histoire naturelle de Buffon, fut étonnée de la valeur amou-reuse du moineau ; elle avoit peine à con-cevoir qu'un si petit volatile renouvelât jus-qu'à dix-sept fois de suite les preuves de sa tendresse, ce qui lui fit écrire cette réflexion en marge du livre : *Voyez quels biens le ciel réserve à ces petits animaux ! ! !*

Buveurs.

Les buveurs sont ordinairement d'une amitié franche. Les amis du verre se tra-hissent peu ; comme leur goût les rassemble, ils sont plus sincères entr'eux que les joueurs ou les hommes galans que la jalousie divise toujours, et dont les succès éveillent sans cesse l'envie et bientôt la censure ou la médisance de leurs concurrens. Trinquez souvent avec un biberon, et vous souderez son cœur à votre ame.

Qu'il est heureux ce buveur qui vide son verre avec la même facilité qu'il l'emplit !

Cage.

Celui qui a inventé la cage auroit dû y être emprisonné le reste de ses jours. C'est l'animal le plus fait, par sa constitution, pour parcourir le monde, que l'on resserre dans un si petit espace. Il y a de la barbarie à mettre un oiseau en cage : si j'étois souverain d'un empire, je mettrois sur chacune de ces prisons un impôt égal au revenu annuel de celui qui en posséderoit une. Non, ceux qui élèvent ainsi ces jolis musiciens ne sont pas sensibles, ils offensent la nature. Les oiseaux

ne me semblent beaux que dans les champs
et sous les lylas touffus, où ils chantent
l'amour, le lever du soleil, la pluie et le
beau temps, petites cantates pastorales qui
valent bien nos insipides concerts.

Campagne.

Malgré les descriptions enchanteresses
des poètes et des amans, la campagne
offre presque toujours la même chose, et
quand une fois on a vu le ciel, l'eau, la
verdure, et qu'on y retourne, on y voit
encore l'eau, la verdure et le ciel. Rien
n'est plus uniforme dans sa variété. L'hiver
tout y est d'une monotonie à périr d'ennui,
et l'été les cousins vous y dévorent ; ils
m'ont fait déserter des bois après m'avoir
rendu la tête grosse comme un boisseau...
Ces insectes, qui échappent à nos coups
par leur petitesse, sont bien plus les rois
de la campagne que l'homme. J'ai souvent
cherché ce plaisir tant vanté dans les
champs, il m'a fui par-tout quand j'y
étois seul.... Oh ! non, la campagne n'a
véritablement pas ces attraits qu'on lui

prête, il faut le prisme de l'amour pour la voir enchantée..... Il m'est arrivé de goûter plus de volupté à regarder les campagnes qu'on voit au travers de l'optique chez Robert-Son, qu'à me promener dans les Prés Saint-Gervais, tant vantés par Bernardin de St.-Pierre..... Il me semble que la paix habite ces lieux tranquilles et éclairés de feux magiques.... C'est un autre monde que l'on voudroit habiter avec un sixième sens. ... C'est une esquisse de l'Eden qui fait croire à la spiritualité.

Je reviens dans les champs, où je vois l'épine sous la fleur, les poisons parmi les plantes, le serpent sous le buisson, le crapaud dans la prairie, le loup dans les bois, les insectes dans l'air, les cailloux pointus sous nos pieds, les orages sur nos têtes, les débordemens me menacer, les avalanches tomber dans la plaine, les pyrites occasionner les tremblemens de terre..... Je crains par-tout pour ma frêle existence : quel est le site où ROSE pourra reposer en paix ? Quel est le bosquet où je n'aurois pas un rival à redouter ?

Carnaval.

Le carnaval, comme les jours de fêtes , est le temps où d'après les observations de la police , il se commet le moins de crimes : l'homme qui s'étourdit par les plaisirs bruyans devient une machine organisée qui ne suit plus que l'impulsion qu'elle reçoit. C'est donc en méditant que l'homme devient ou vertueux ou scélérat: or, le carnaval n'opère ni ce bien ni ce mal , mais les extravagances auxquelles on se livre, semblent dégrader l'espèce humaine ; l'amant délicat n'aimera jamais le carnaval, la familiarité des masques l'offense..... Les Vénitiens sont aussi petits à mes yeux que les Lacédémoniens me paroissent grands. Ces coutumes grotesques et triviales avoient même influé jusques sur leur gouvernement. Le doge épousoit la mer tous les ans , singulier mariage où il ne manquoit que le consentement de la future. Le carnaval est l'hiver de la raison. Si on ouvroit les petites-maisons ces jours-

là, on ne pourroit plus reconnoître quels
sont les véritables insensés.

Chandelier de la bouillotte.

Mine du Pérou : c'est le chandelier de
la bouillotte qui nourrit une partie de ces
femmes sans honneur comme sans revenus,
qui ne nous invitent à leur souper que
parce que nous en payons les frais.....
Accoutumées dans leur jeunesse à trouver
de l'argent sous le chandelier, quand
l'amour n'y met plus rien qu'à regret, et
qu'il est devenu stérile dans l'alcove, elles
le placent sur un tapis verd, où il retrouve
un peu de son ancienne splendeur en faisant d'autres dupes.

Si un chandelier de la bouillotte se trouvoit chez quelque chaudronnier à côté de
la tasse d'un aveugle, auroit-il le droit
d'être fier avec elle?.... Ne sont-ils pas
deux aumônieres? L'une n'est argentée
qu'en nous désargentant, tandis que la
petite pièce de monnoie que nous avons
mise dans l'autre, en augmentant la

volupté de notre cœur, ne nous a pas causé le moindre dérangement dans notre fortune..... Venez ma petite monnoie, je veux bien vous mettre dans la tasse de l'aveugle; mais sous le chandelier de la bouillotte, jamais...... J'aime mieux acheter un chapeau à ROSE..... Elle les place si bien..... un peu sur l'oreille......

Chapeau.

Morel, qui a fait un épître à son chapeau, trouvoit que c'étoit un sujet un peu noir. Depuis, un écrivain a voulu le parodier en faisant un épître à son habit, mais ce sujet étoit trop usé.

Si un chapeau étoit doué d'intelligence, il seroit souvent coupable, car je connois beaucoup de personnes qui font sans cesse des récits mensongers, qu'ils ne prennent que sous leurs chapeaux.

Le bonnet est plus heureux que lui: on a, dit-on, vu souvent deux têtes dans un même bonnet; j'ai peine à rencontrer une tête sous un chapeau.

Le chapeau est l'instrument d'un usage ridicule : on l'ôte devant celui qu'on considère..... Pourquoi ne pas se déchausser aussi bien, est-il plus humble d'avoir la tête nue que le pied ?.... Un feutre changé de place peut-il honorer un supérieur ? Non. En ce cas, l'étiquette est une chimère qui ne fut inventée que par un esclave.

Ah ! combien j'aime ce petit coup de tête amical que me donne ROSE quand je la rencontre ! Cela me fait plus de plaisir qu'une révérence.

Château.

Séjour des ennuis, dont l'orgueil est le portier.

Vouloir jouir, dans son château, des agrémens de la ville, c'est méconnoître les charmes de la campagne ; c'est une entreprise insensée ; les bals, les concerts, les spectacles qu'on y importe ne ressemblent en rien à ceux de la capitale. Je trouverois moins extravagant celui qui voudroit transporter son château dans

Paris, que l'homme riche qui prétend,
à force d'argent, introduire les fêtes de
Paris dans le sien.

Chiens.

Je ne crois pas qu'il y ait de ville au
monde où il y ait plus de chiens qu'à Paris.
On en voit par-tout ; ils aboyent dans les
rues, après les poètes ; ils jouent sur les
gazons des Thuileries et du Palais-Égalité,
avec les enfans ; souvent ils hurlent dans
nos spectacles à l'instant où l'acteur hur-
loit aussi un passage pathétique : l'acteur
alloit faire pleurer, et le chien fait rire
aussitôt. L'acteur rentre dans la coulisse
en enrageant ; il s'attendoit à être applaudi...
Dieux ! quels torts lui fait cet animal, car
à l'exception des cafés où il se bat avec sa
maitresse, il reçoit ordinairement si peu
de claques, qu'il en est avare.

Malgré la fidélité des chiens, il s'en
perd beaucoup, et chaque jour on en voit
d'affichés sur les murs de nos maisons.
Un comédien du boulevard se promenoit

avec *sa particulière* , car c'est ainsi qu'ils nomment leurs maîtresses ; il s'arrête avec elle vis-à-vis d'une affiche , et en lit le titre : *Chienne perdue.....* Tiens ! lui dit-il malignement , je croyois que tu rentrois tous les soirs chez ta mère..... Oh ! comme ils ont de l'esprit les comédiens du boulevard !

J'ai connu un abbé qui se promenoit tous les soirs au Luxembourg , et qui y voloit ordinairement deux ou trois chiens, dont il faisoit présent à de vieilles dévotes.

Je voudrois qu'il s'imprimât , tous les ans , un almanach des chiens de Paris, avec une notice sur leurs services ou leurs talens ; ce ne seroient pas les premières bêtes qui auroient figuré dans des ouvrages de cette nature : si jamais cet opuscule se trouve sous ma main , je chercherai si *Azor* , qui faisoit si bien le déserteur , possède encore ce talent , et si à force de caresses il est parvenu à trouver quelque bon maître.

Ciment.

Les Romains avoient découvert un ciment qui rendoit un bâtiment presqu'in-
destructible.

Nous sommes parvenus à connoître tous
les secrets de l'antiquité, à l'exception de
la pourpre de Tyr et du ciment de Rome.
Aujourd'hui que la chimie éclaire les
sciences et les arts, pourquoi ne recher-
cheroit-on pas ce ciment ? Il seroit plus
aisé de le trouver que celui qui établi-
roit une constante amitié entre les auteurs.

Cœur.

Boufflers est le premier qui, dans de
jolis vers, ait rappelé la signification de
ce mot au figuré. En effet, lorsque dans
une comédie, comme dans un cercle,
un homme propose son cœur à une jeune
personne, et lui demande le sien en retour,
c'est comme s'il lui disoit : Je voudrois
obtenir ce que l'amour m'inspire. Mais
la délicatesse étant annoncée à la place de

la passion , on ne répond qu'au pied de la lettre , quoique la réponse soit toujours motivée d'après ce qu'on a sous-entendu.

Le cœur est le premier bien pour un amant délicat.

C'est dans le sien qu'il trouve ses jouissances, et c'est dans celui de sa bien-aimée qu'il met toute sa gloire.

J'aime mieux posséder le cœur d'une maitresse que ses faveurs.

On a souvent rit des médecins en leur reprochant d'avoir changé l'ancien systême et placé le cœur à droite. On pourroit , avec plus de raison, inculper l'amour qui semble l'avoir transporté ailleurs. J'ai lu sur ce sujet une des plus jolies fables qu'on ait faites depuis Lafontaine. L'auteur feignoit que Cupidon s'étoit endormi , qu'un singe , pendant son sommeil , s'étoit emparé de son carquois , et qu'il lançoit vainement des traits sur les belles , sans parvenir à les rendre sensibles. A son réveil , le dieu de Cythère se met en colère de voir ses armes dans des mains si peu habiles ; les reprend , bande son arc

et dirige ses flèches au milieu du corps
des nymphes, en criant au singe mal-
adroit :

« ..... Apprends, traître,
» Que le cœur des femmes est là ».

On se vante, avec orgueil, d'avoir un
bon cœur, tandis qu'on n'ose pas avouer
qu'on a de l'esprit, quoique souvent on
soit aussi persuadé de l'un que de l'autre. Pourquoi cela ? Voilà une question
sur laquelle nos métaphysiciens pourront
s'exercer !

Un bon cœur est plus précieux que
toutes les jolies figures de la Georgie et de
la Circassie..... Ma ROSE a un bon cœur.....
mais elle est un peu boudeuse !....

C'est un creuzet dans lequel fermente les
passions ! L'amour-propre y fait naître les
défauts ; l'ambition y invente les crimes,
et l'orgueil y enfante les forfaits.

Le cœur n'est pas le seul siége des passions ; elles règnent encore sur l'imagination et le tempéramment : dans le cœur
les passions sont innées ; dans l'imagina-

tion elles sont actives, et dans le tempéramment elles sont passives : ce qui fait
que le cœur goûte les jouissances pures,
les doux épanchemens, la volupté, le
bonheur ; que l'imagination connoît le
délire, l'inconstance, le plaisir ; et que
le tempéramment n'éprouve que la jouissance et la prostitution.

C'est le cœur qui brilloit chez *Elisa-
Draper*.

C'est l'imagination qui a fait *Cléopâtre*.

C'est le tempéramment qui a produit
Messaline, *Bonne de Savoie* et *Jeanne
de Naples*.

C'est la réunion du cœur et du tempéramment qui a dû produire *Ninon de
Lenclos* et *Aspasie de Milet*.

C'est la réunion du cœur et de l'imagination qui a produit *Sainte - Thérèse*.

C'est la réunion de l'imagination et du
tempéramment qui a produit *Sapho*.

Et c'est la réunion de ces trois influences,
le cœur, l'imagination et le tempéramment qui a dû produire *Héloïse*.

Comique.

On demande du comique par-tout; et on ne trouve que des gens qui pleurent.

L'auteur qui trouve le secret de faire rire pendant une scène, possède plus de talent et a vaincu plus de difficultés que celui qui fait pleurer dans un drame en cinq actes.

Corbeau.

Notre révolution les a singulièrement engraissés; ils sont maintenant les chanoines de l'atmosphère.... Comme ils ne vivent que de cadavres, on voit qu'on a fourni amplement à leur cuisine..... O grands dieux! faites que le corbeau meure de faim ou changez ses goûts, et faites le vivre des feuilles de l'olivier.

Couplet.

C'est peut-être le seul ouvrage qui ait un but aujourd'hui, on y veut une pensée; on le critique avec autant de sévérité qu'au temps de Boileau on analysoit un sonnet,

C'est le morceau de poésie qui plaît le plus aux Français. Ils ont des couplets à épigrammes, je ne les aime pas; des couplets à calembourgs, je les déteste; des couplets madrigaux, ils m'enchantent; des couplets de situation, ils sont nécessaires à la scène, où on ne les emploie pas assez souvent; des couplets de détails, dans lesquels le choix des mots et la coupe des vers produisent plus d'effet que la finesse des idées.

Il existe encore une autre espèce de couplet, que je ne sais comment classer; c'est une comparaison de deux choses, en finissant le parallèle par une application, comme dans celui-ci:

Air : *On compteroit les diamans.*

On peut comparer maintenant
La femme aimante et la coquette,
A deux fleurs que l'on voit souvent,
La tulipe et la violette.
L'une est modeste en sa couleur,
Et par son parfum nous attire,
Tandis que l'autre, sans odeur,
N'a qu'un vain éclat pour séduire.

4

Cour (la).

J'ai toujours comparé la cour des rois à des lanternes magiques, où un tableau fugitif étoit sans cesse remplacé par un autre. C'est un théâtre où l'acteur ne brille pas long-temps, s'il n'est soutenu par une puissante cabale. On y voit des pères-nobles, des tyrans, de plats valets, de vieilles caricatures, mais point d'ingénuités..... Oh! j'aime mieux mon hameau!

Ce mot, cour, me rappelle un trait spirituel de monsieur de Bièvre. Il devoit beaucoup d'argent à son tailleur, lequel s'étoit vainement présenté plusieurs fois chez lui. Un jour du mois de janvier, qui faisoit très-froid, M. de Bièvre, n'ayant pas d'argent à lui donner, lui fit dire encore qu'il étoit absent. — Puisque c'est ainsi, reprit le tailleur, je vais l'attendre dans la cour, afin de ne pas manquer de le voir lorsqu'il rentrera. M. de Bièvre, qui avoit à sortir, regardoit souvent au travers de ses rideaux le pauvre diable qui souffloit dans ses doigts et battoit de la semelle sans pouvoir s'échauffer. Tandis que le seigneur s'amusoit de le voir ainsi se morfondre, le givre qui devenoit plus violent, obl'gea le tailleur de renoncer à voir sa pratique pour ce jour, et il s'en fut. Le père des calembourgs, en le voyant sortir, se mit à chanter ces vers de Didon:

« Ah ! que je fus bien inspirée
» Quand je vous reçus dans ma cour ».

L'heureuse application !

Critique.

C'est le chancre de la littérature. La critique s'attache plus vo'ontiers sur les bons auteurs et sur les meilleurs ouvrages, que sur les médiocres ; tel est l'insecte qui veut piquer un fruit, il cherche toujours le plus succulent. Mais la tache qu'il y laisse indique l'ambroisie qu'on peut y puiser.

Cuirasse.

Il n'est pas déshonorant pour un militaire qui va au feu de se cuirasser, parce.

qu'enfin il vaut mieux, dit un vieux proverbe, tuer le diable, que le diable nous
tue. Il peut même se placer derrière le
parapet du chemin couvert, ou s'en-
fermer encore dans la redoute à Machis-
Coulis, afin de tirer son coup de fusil avec
plus de sûreté. Il a sur les hommes le
même droit dans ses retranchemens,
qu'un chasseur derrière un buisson, qui
tue un lièvre à l'affut. Mais quand ce
même militaire se bat en duel, il découvre
sa poitrine à son adversaire.... O consé-
quences du code de l'honneur !

Depuis long-temps nos héros nous ont
prouvé que la cuirasse a trop de deux
parties, et qu'un sergent militaire pouvoit
céder à un sergent civil celle de derrière,
sur laquelle il ne reçoit jamais de balles,
et où l'autre sentiroit si souvent tomber
le bâton.

Bellone, dans ses furies, nous laisse
une cuirasse pour parer ses coups: Vénus
moins généreuse, sait nous atteindre par-
tout ; nulle invention ne peut nous sous-
traire à son pouvoir, et les héros qui ont

fini leurs destins au rocher de Leucate, sont plus nombreux que les braves qui ont trouvé la mort et l'immortalité aux Thermopyles !

Déesses.

Mauvaises bégueules, couvertes de tous les vices, vivant dans le crime et la crapule; tuant leurs rivales, assassinant leurs amans, empoisonnant leurs époux, se prostituant à de sales bergers, se disputant pour une pomme ; métamorphosant les hommes en chiens, en loup, en plantes; étouffant les enfans au berceau ; faisant coalition avec des serpens; et quoiqu'elles n'aient ni les talens ni les vertus de nos plus mauvaises couturières, elles n'en ont pas moins des autels, sont mieux logées que nos princesses, ne vivent que d'ambroisie et de nectar, et possèdent par-dessus tout cela l'heureux privilége d'être immortelles. . . . .

Bon Jupiter ! toi que ton père crut manger quand tu vins au monde, en dévorant un caillou, ce qui prouve qu'il

avoit les dents presque aussi dures que le
cœur; toi, qui dès ton berceau criois déjà
si fort, qu'il falloit toute la musique des
Coribantes pour couvrir ta voix, ce qui
prouve que tu aurois toujours eu raison
dans nos assemblées; toi qui intentas un
procès à ton père, pour te faire reconnoître
son héritier; qui le fis chasser du ciel et
faire prisonnier par Titan ton oncle et
son frère. . . . Mais agité par le remords,
tu battis ton oncle, on n'est pas certain
que ce soit à coups de bâton, et remis
ton père sur le trône, qui, par reconnoissance de ce service, te força de te cacher
dans le *Latium*, sans quoi il t'eût em-
poisonné, étranglé ou assommé; mais tu ne
t'en tîns pas là : tu détrônas ton père, c'é-
toit trop juste puisque, vu son immortalité,
tu ne pouvois pas le tuer; alors tu épousas
ta sœur, sans doute afin de détruire le préjugé des incestes; tu battis tes deux frères,
tu les forças de fuir en Egypte sous des figures d'animaux, et sous la forme d'un
bélier, tu courus après eux, mais ce fut
pour faire la paix. Tu foudroyas tes petits,

enfans avec ton tonnerre, et tu les écrasas
sous des montagnes; après quoi tu te livras
à la débauche, sans doute parce que le roi
des dieux devoit être le modèle des époux.
En satyre tu surpris Antiope; en pluie d'or
tu achetas Danaë; en taureau tu satisfis
Europe; en cygne tu caressas Léda; sous
la figure de *Diane* tu trompas la nymphe
Calistro; en aigle, tu enlevas *Gani-*
mède, à qui tu fis partager ta honte et ton
déshonneur...... Bon Jupiter! toi qui t'éni-
vrant au sein des célestes voluptés, voulois
ne nous nourrir que de glands, si tu as
tant fait pour les Déesses de l'Olympe,
que réserves-tu donc pour ROSE, qui aime
son père, qui chérit sa mère, qui adore
son amant, et qui veut du bien à tout
le monde?

Deux.

Deux est de tous les nombres le seul qui,
multiplié par lui-même, se double. Deux
fois deux font quatre. Que de conjectures
les cabalistes ne peuvent-ils pas tirer de
cela?

Dévotion.

Un homme qui croit aux dogmes religieux, étoit sur le point de s'oublier dans les bras d'une femme galante, quand il fut tourmenté par la crainte de Dieu, crainte qui lui fit prendre la fuite, et qui fut cause, qu'en pensant au salut de son ame, il sauva son corps.

Diamans, dentelles, parfums.

Quelques auteurs out cru faire de la morale en déclamant contre les diamans et les dentelles que portent nos élégantes. C'étoit tout à-la-fois trahir son goût et avilir son esprit sans embellir son cœur. La beauté n'a point d'attrait sans la parure, et la parure aucun éclat sans le luxe. Une mortelle peut effacer par ses diamans la triple auréole de gloire qui environne les Déesses; le feu qu'ils font jaillir sont autant d'étincelles électriques qui embrâsent nos cœurs .... Il n'est point de femme laide quand elle est couverte de diamans !

J'ai menti comme un ph'osophe, quand j'ai dit dans une de mes pièces :

> Femmes, tenez de la nature
> Et ses secrets et vos appas;
> Je vous préfère sans parure,
> Le luxe ne me séduit pas.
> Que la vertu vous rende belles;
> Elle mène seule au bonheur :
> Tous vos bijoux et vos dentelles
> Frappent l'œil sans toucher le cœur.

Oh ! comme c'est faux !.... Madame de Genlis qui, en sa qualité de femme, devroit être sur ce point beaucoup plus circonspecte que nous, a dit aussi : *Tant qu'on est jeune, une aigrette de diamans n'ajoute rien à nos attraits, et quand on vieillit, elle ne les remplace pas.*

Oh ! Madame de Genlis !... Madame de Genlis !... que je suis loin de penser comme vous ! Les diamans sont des astres artificiels qui jettent des feux scintillans d'amour; ils entretiennent un printemps perpétuel sur nos êtres..... Le feu de Prométhée s'en échappe:... c'est une jouvence qui rajeunit celles qui les portent....

5

N'avez-vous donc jamais vu un front ombragé de dentelles ? n'avez-vous donc jamais vu leurs flots se confondre mollement avec la chevelure de nos belles, pour n'être pas inspiré par cet atour ? Dans chaque nœud de ce tissu délicat, l'amour a ourdi des nœuds sympathiques et fait résider sa puissance. La femme qui se couvre de dentelles, connoît l'art des syrènes ; les parfums ennivrans qui s'exhalent dessous ces voiles séducteurs, sont des philtres ; heureux celui qui les respire dans des boudoirs voluptueux ! il aime ; et aimer c'est marcher sur des roses vers le temple du bonheur, où, sans les diamans, les dentelles et les parfums, il n'est point de félicité..... O Rose ! je te suis fidèle, car je l'ai dit dans mes vers ; mais peut-être cesserois-tu de me plaire, si jamais une femme offroit à mes regards surpris plus de diamans que tu n'as d'attraits : les dentelles sont les filets où se prennent les cœurs, et les parfums, les poisons de l'ame. La constance ne peut exister quand les sens sont séduits, que l'imagination promet de nouveaux plaisirs; et notre cœur cesse d'être à nous du moment qu'il éprouve la puissance enchanteresse des diamans, des dentelles et des parfums; il est tout entier à la magicienne qui les porte.

Dîners.

Nos pères dînoient à midi, lorsque le soleil étoit au milieu de sa course ; mais nous avons trouvé plus commode de nous mettre à table quand il tourne l'hémisphère, et si cela continue, on ne dînera bientôt plus que le lendemain. Le dîner est aujourd'hui le plus grand ennemi du spectacle : celui qui mange doit se passer des plaisirs qu'offre Thalie ; à peine en est-on au service du rôt, qu'on lève déjà le rideau pour jouer la seconde pièce. Il devroit y avoir, pour les dîneurs, un théâtre qui ouvrît à midi et fermât entre quatre et cinq heures ; non-seulement il auroit beaucoup de spectateurs, mais encore l'entrepreneur économiseroit les frais du luminaire, en pouvant, par certaines ouvertures disposées à la voûte et aux coulisses, faire éclairer la scène par les rayons du soleil ; ce qui seroit plus sain que de respirer le méphitisme que répand l'huile des quinquets en brûlant.

Le directeur de l'Opéra avoit bien senti l'inconvénient de chanter des vers pendant qu'on étoit à table ; il vouloit qu'on ne représentât les chefs-d'œuvre de Gluck que vers l'arrivée de la triple hécate , afin de donner le temps de faire la digestion ; mais la faction des dîneurs, qui avoit presque toujours eu le dessus depuis la révolution , perdit sa cause cette fois..... Ce que c'est que d'avoir un avocat éloquent !

Dîners du Vaudeville.

C'est un cours de morale en chansons : nos Latteignant modernes ont trouvé l'art de placer, dans le couplet, l'application d'un mot à une action ; ils corrigent les mœurs en riant. Je fis une fois cet impromtu, sur deux rimes, à l'un d'eux ; je tairai son nom afin de ne point blesser sa modestie : ce même couplet peut s'appliquer à chacun

de ces aimables chansonniers en parti-
culier ; il est sur un air de Guichard, et
peut se chanter encore sur celui de *Com-*
ment goûter quelque repos , quoique le
mouvement en soit trop lent pour le sens
des paroles.

> Il est gai comme Anacréon,
> Il est sage comme Socrate ;
> Il harangue comme Socrate,
> Il chante comme Anacréon :
> On croit par-tout que c'est Socrate
> Elevé par Anacréon,
> Ou bien que c'est Anacréon
> Qui fut disciple de Socrate.

Directeur de spectacle.

Si j'avois un vœu à former, je ne demanderois pas de devenir roi ; j'aimerois
mieux être directeur de spectacle, car je
ne connois pas de mortel plus heureux. Il
commande plus despotiquement à sa
troupe, qu'un général d'armée à ses soldats ; il lève des impôts sur nos plaisirs ;
la retenue des amendes qu'il prononce est
sans appel ; il juge en souverain du

mérite des poëmes qu'on lui présente :
Apollon n'est pas plus redoutable !.......
Aime-t-il les voluptés ? un essaim de jolies
choristes viennent le bercer , le flatter et
agacer ses sens ; elles mettent de l'amour-
propre à s'en faire remarquer ; et , s'il
connoît encore le sentiment, il peut, sans
effort, captiver le cœur de quelque premier
rôle, rivaliser un prince et obtenir la pré-
férence. Jamais le Grand-Turc ne vit dans
son harem de femmes plus belles que celles
qui le sollicitent pour obtenir la faveur
de paroître le soir sur les planches , et les
roses des couronnes qu'elles obtiennent de
Thalie , ont toujours été aux dépens de
celles moissonnées par le souverain des
coulisses.

Drame.

Tous les écrivains qui se sont élevés
contre le drame, l'ont beaucoup plus
servi par leur mal-adresse, qu'ils ne lui
ont nui par leur esprit , quand ils ont
avancé que c'étoit un genre bâtard qui
n'étoit point dans la nature. Quoique

ennemi juré du drame, je n'en dirai pas
moins que cette assertion est fausse, parce
que s'il y a au théâtre un genre absolu-
ment dans la nature, c'est le drame. Les
personnages, loin d'y être imaginaires,
nous sont tous très-connus, et les actions,
loin d'être invraisemblables, arrivent à
chaque instant sous nos yeux : or, si le
théâtre est une copie fidèle des événemens
de la vie, le drame doit nécessairement
en être le genre le plus rapproché ; il a
dû être le spectacle primitif, et ce n'est
qu'après lui que doivent avoir paru la
tragédie et la comédie, beaucoup plus
éloignées de nos mœurs; donc le drame
n'est point un genre bâtard. N'est-il pas
plus naturel de dire en prose des scènes
de famille, que de réciter en vers des
actions d'éclat que personne n'a vues? Les
emportemens du drame se rencontrent
tous les jours dans les contrariétés de la
vie, et je n'ai pas encore trouvé un marchand de draps qui m'ait vendu une aune
de cazimir sur l'air de la *Monaco*. Conve-
nons-en, le drame se rapproche plus de

nos mœurs et de nos événemens , que la
comédie , où les valets font agir les maîtres;
que la tragédie , où l'on s'égorge en déclamant des sentences en vers ; que l'opéra,
où l'on danse en mourant ; que le vaudeville , où l'on chante les sottises qu'on
n'oseroit pas dire ; et que la pantomime,
où l'on ne dit rien , parce que l'auteur
n'en a pas pensé davantage ; mais c'est
précisément parce que le drame est une
peinture trop fidèle de l'intérieur de nos
ménages , qu'il me paroît détestable et
insipide , attendu que nous n'allons au
spectacle qu'avec l'intention d'y voir du
surprenant ; autrement autant vaudroit-il
visiter sa voisine , ou écouter une famille
parler de ses affaires. Il faut au théâtre
des bergères en bas de soie , des arlequins
au tein noir , des bosquets en peinture,
des chevaux en carton , une lune en papier brouillard ; il faut qu'on y chante ce
qui se dit ailleurs , et que la musique,
par sa puissance , ajoute un nouveau
charme à l'harmonie des vers ; car ce n'est
point la nature qui plaît en ces lieux,

c'est l'art ; rien que l'art !..... S' c'étoit la nature qui y réussît, le plus vilain site du Pré Saint-Gervais seroit préférable à notre plus beau théâtre ; aucune décoration ne vaudroit les arbres de nos boulevards. Il faut du merveilleux dans le pays des chimères..... Le drame, trop près de nous, y est déplacé; il faut voir ce genre dans les greniers des fauxbourgs de Paris; là ses douleurs ne sont point fictives; il y fera plus de sensation qu'au théâtre de la Gaieté, qui se renfermeroit bien mieux dans son titre, en jouant mes pièces ou le joli petit opéra des *Aîles de l'Amour*.

Économie.

C'est l'art de mettre chaque chose à sa place.

Madame Necker a dit que l'économie ressembloit aux changemens à vue des décorations de l'Opéra, qui font le plus grand plaisir aux spectateurs, tant qu'ils n'aperçoivent pas les cordages qui les opèrent.

Je n'ose approcher ce jeune auteur;

disoit Martinville, qui voyoit passer P....; car il m'abîmeroit par ses épigrammes, attendu que je sors de voir une de ses pièces, dans laquelle il en a été si éco-nôme, qu'il doit en avoir gardé un grand fonds à son service.

Vous n'êtes pas rangé, disoit Ninon de Lenclos à un jeune seigneur ; suivez mon exemple ; j'ai toujours une année de mon revenu devant moi : la différence qui existe entre nous, reprit l'étourdi, c'est que j'en ai toujours deux en arrière.

Depuis vingt ans que je visite Dorylas, disoit un architecte, je n'ai jamais trouvé d'ordre dans sa dépense, et malgré mes soins et mes conseils, l'ordre Corinthien est le seul que j'aie pu établir dans sa maison.

Écritoire.

C'est du fond de cet antre noir que sont sortis les chefs-d'œuvre des *Racine* et des *Voltaire*, aussi bien que les lourds vers du pesant *Fardeau*. C'est une source différente de toutes les autres, en ce qu'elle distille tout à-la-fois le miel et l'absynthe, et que chacun y puise suivant son goût. J'y cherche par fois l'endroit où *Sterne* trempoit sa plume quand le sentiment étoit caché sous sa gaieté : je veux l'imiter ; je relis mes essais..... et je trouve le nom de ROSE sur tout ce que j'ai écrit..... Ce n'est pas étonnant , par-tout je pense à elle.

Écu de six francs.

Un homme peut être pris pour un marquis dans le tripot où il n'est remarqué qu'à son habit ; il peut se faire passer pour savant dans un lycée dont le président ignore comment on orthographie *du pain* et *soupe aux légumes ;* on peut avoir confiance en ses talens diplomatiques dans le village où le magister qui sait épeler le latin , est le plus retors de l'endroit ; on peut le considérer comme un bel homme parmi les marionnettes de *Séraphin ;* mais ce même homme ne seroit cependant pas remarqué par-tout ailleurs..... ; et loin de l'être , il

redeviendroit roturier à la cour , sot dans
une académie, ignorant au café de la
Régence , et passeroit pour un nain auprès de nos grenadiers..... Le sort d'un
écu de six francs peut être comparé à
celui de cet homme : il n'a véritablement
de valeur que par rapport à la société
où il se trouve. L'écu de six francs est,
chez le banquier, le grain de sable sur
le rivage ; il est pour le malheureux le
rocher qu'on ne peut ébranler ; .... à peine
suffit-il pour un seul mets servi sur la
table du gourmand fournisseur , tandis
que tous les ragoûts que le rentier a
mangés depuis un mois, n'ont pas coûté
cette somme..... Oh ! l'écu de six francs
est un bien grand personnage chez le
pauvre , tandis qu'il n'est qu'un très-
petit être chez le nouvel enrichi !.... Que
le sort de l'écu de six francs diffère souvent ! c'est un aristocrate que j'ai bien
de la peine à approcher !

J'en vois deux en ce moment, dont
l'un sort du gousset pour secourir une
vieille femme qui alloit vendre sa der-

nière paire de draps, afin de ne pas laisser mourir d'inanition ses quatre petits enfans, tandis que l'autre est sacrifié à des filles de joie qui trafiquent honteusement d'un sentiment qu'elles avilissent... Mais le ciel est juste, et cette impure n'en aura que moitié ; la mégère chez laquelle elle est enfermée lui prendra l'autre, et peut-être que le lâche *bâtoniste*, qui se qualifie du titre de son amant, lui donnera des coups pour avoir le reste, qu'il ira perdre à la roulette !... O écu de six francs ! viens dans mon coffre-fort, et jamais tu n'en sortiras pour aller au jeu.

Ennemis.

Gens qui, en cherchant à nuire, ont souvent servi ceux qu'ils voulaient perdre.

En littérature, un ennemi vous fait connoître par ses épigrammes ; et être connu dans cette carrière, est déjà la moitié du chemin qu'il faut faire pour arriver à la célébrité.

En politique, un ennemi vous attire un parti et des cliens, parce que la science des contre-poids y est employée, et qu'on se venge de celui qu'on n'aime pas, en faisant du bien à celui qu'on sait être son ennemi.

En amour, un ennemi agite le cœur d'une maitresse qui craint de s'être trompée sur son choix ; et le mouvement des passions fait naître le sentiment et le nourrit ; les jaloux propos des rivaux ont fait triompher plus d'amans que les services d'un ami mal-adroit.

Un ennemi est toujours un homme d'un petit caractère, bas, vil et rampant ; je méprise et crains si peu les miens, que je ne voudrois pas faire la plus légère démarche pour les appaiser..... Que pourroient tous leurs efforts réunis ? Le roc brise le vaisseau qui l'approche ; le colosse n'est point épouvanté de la colère du ciron, et Hercule ne succombe pas sous les efforts des pygmées.

Épingle.

Un émigré s'amusa à écrire, en prison, l'histoire d'une épingle : c'étoit, disoit-il,

un sujet *attachant*, et comme il ne manquoit pas de *tête*, il devoit *piquer* la
curiosité.

Esclavage en or.

Je te vois, riche ornement sorti de
la main des plus célèbres artistes.....
souris à ton sort, je te destine à ROSE!
Énorgueillis-toi, tu vas reposer sur son
col et te perdre en serpent sous des gazes
parfumées ! les anneaux qui forment ta
longue chaîne, sont moins nombreux que
ses attraits. Bel esclavage, souffre un
instant que je te mette en parallèle avec
ROSE ! Ta chaîne n'est qu'un ornement,
tandis que celle qu'elle fait porter est une
jouissance !... Avant d'être façonné en
bijou, tu as passé plus d'une fois sous
le pesant marteau de l'ouvrier ; pour devenir heureux, combien de refus n'ai-je
pas éprouvés !... Tu ne dois qu'à la lime
le poli dont tu brilles ; je ne dois qu'à ma
constance, le bonheur dont mes jours
s'embellissent.... Quoique du métal le plus
dur, tu prends mille formes sous ses

doigts agiles ; avec un caractère altier , je
me soumets aussi à toutes ses volontés.
Ta matière ne s'est épurée que dans le
creuset du chimiste ; mon caractère ne s'est
bonifié que par l'exemple de ses vertus;
je l'imitois pour lui plaire , car lui plaire,
c'est être heureux !...

On pouvoit , superbe esclavage, in-
cruster le diamant dans ton or ; mais ton
destin sera plus fortuné, puisque tu vas
reposer sur le sein de ROSE. Ses attraits
surpassent l'éclat de l'émeraude..... Mais
à présent que je t'ai fait connoître tes
attributs , apprends quelles seront tes
fonctions auprès de ma bien-aimée.

Si jamais ROSE oublioit nos sermens ;
loin de vouloir encore enchaîner le cœur
parjure qui se dégageroit de si beaux
liens , ne retiens point l'infidèle , je ne
veux aucune contrainte dans un sentiment
qui ne doit être qu'un élan sympathique.

Si mes rivaux vouloient , en mon ab-
sence , placer un bouquet sur son sein
voluptueux, dont la blancheur égale celle
des lys , enchaîne leur main téméraire;...

mais lorsque ses douces palpitations appelleront mes baisers, imite la modeste sensitive, replie tes anneaux sur eux-mêmes, ne t'oppose point à l'approche de mes lèvres ; elles vont savourer l'ambroisie !.... Ah ! garde-toi jamais de vouloir retenir son bras quand elle veut secourir l'indigent, car elle te briseroit comme un cristal fragile : rien ne peut s'opposer au bien qu'elle veut faire.

Espérance.

C'est un mauvais cheval qui laisse souvent son cavalier en route.

C'est le songe des gens éveillés.

C'est une aimable berceuse qui a trop d'attraits pour nous endormir, et trop peu pour nous captiver éveillés.

C'est le tombeau du passé, le tourment du présent et le néant de l'avenir.

Femmes.

Les femmes célèbres qui ont échappé à l'historien, valoient bien celles dont l'histoire a éternisé les noms. Les vertus modestes qui sont l'apanage de ce sexe, sont préférables aux actions d'éclat qui leur assurent la gloire en les faisant remarquer. La femme la plus parfaite est celle qui n'a vécu que pour un seul homme; sa meilleure réputation est un silence absolu sur sa conduite. Le plus bel éloge qu'un amant ait jamais fait de sa maîtresse, est sorti de la plume de Desalle de Lille; *Palmyre qui connoît si peu les hommes, que les hommes sont si peu dignes de connoître!* Ce panégyrique est plus éloquent que s'il avoit comparé ses yeux au soleil, ses sourcils à l'ébène, son sein aux lys et aux fraises, ses lèvres aux roses, ses bras à l'albâtre; ce qui feroit croire qu'elle ne se les lave pas souvent, car l'albâtre est d'un gris sale..... C'étoit sans doute un poète, Typo, qui écrivit, le premier, cette comparaison, sous son sol brûlant, où les vierges sont cuivrées; et nos poètes de Paris, qui n'ont pas voyagé plus loin que les carrières de Montmartre, ont répété la métaphore indienne, sans s'apercevoir qu'elle n'étoit plus en situation.

Fleurs, Fruits.

Les neuf dixièmes des poètes ont chanté les fleurs, et une moitié des peintres a représenté des fruits. Pourquoi les uns s'emparent-ils de la corbeille de Flore, tandis que les autres cherchent la corne qui verse les trésors de Pomone ? Est-ce parce que la rose a plus de rimes que la pomme, que le poète l'a célébrée plus souvent ? Est-ce parce que le stil de grain et le carmin se broyent facilement, que le peintre a multiplié l'image de la pêche ?... Si la saison des fleurs a des attraits, celle des fruits offre des jouissances : aucun chansonnier ne céderoit un panier de fruits pour une guirlande de fleurs, et cependant leurs refrains sont des teints de lys et des haleines aussi pures que la violette, tandis qu'ils pouvoient, de concert avec le peintre, remercier la nature du bienfait de ces réservoirs d'ambroisie dont les arbres se parent avec orgueil, et que les hommes mangent avec délices.

Quelques poètes pastoraux font de véritables bouquets de leurs couplets ; qui néanmoins ne sentent rien , et leurs pièces, à trois ou quatre auteurs, offrent une *plate-bande* ; ils ennuient les spectateurs avec leurs *soucis*, et l'endorment avec leurs *pavots* ; heureusement que leurs écrits n'ont rien de commun avec *l'immortelle ;* mais, en revanche, ils moissonnent tant de *roses* écloses et mi-closes, que Morel disoit qu'il ne leur resteroit bientôt plus que les épines.

Fleuve d'Oubli.

Quand on parle du fleuve d'Oubli ; chacun forme le souhait de boire de son eau, pour ne plus se rappeler ce qui l'a tourmenté ; c'est folie extrême !... Si un jour je pouvois en étancher ma soif, ce seroit afin d'oublier qu'il existe un avenir, car il est bien plus inquiétant que le passé.

Fonds de comédie.

Beaucoup d'auteurs ont cru pouvoir s'en passer , en plaçant dans un frêle cadre quelques couplets au gros poivre , dont les traits aigus réveillent la malignité des spectateurs le jour de la première représentation, qui crient autant de *bis* qu'ils entendent de couplets ; mais ce succès n'est qu'éphémère ; né de l'éclair de l'esprit, il en a la durée ; tandis qu'au contraire, un vaudeville établi sur une question morale, développée par une aventure plaisante, dont les couplets brillent autant par les situations que par l'application, sera toujours vu avec plaisir : tels sont *Piron avec ses amis*, *Monsieur Guillaume*, *la Matrone d'Éphèse*, *Colombine mannequin*, et presque toutes les pièces de *Piis* et *Barré*.

Souvenez-vous, jeunes auteurs, d'avoir un fonds de comédie avant de faire vos couplets.....

Un palais qu'on bâtiroit sur le sable, seroit plus facilement renversé par un ouragan, qu'une chaumière dont les fondemens seroient posés sur un rocher.

Fougère.

C'est un piége que la nature tend à l'amour.

Fraise.

C'est un fruit rouge qui paroît presque sous la neige, mais qui séduit bien davantage quand il repose sur la neige d'un sein agité par l'amour. On a fait mille romances sur la violette et la rose; il faut croire que la fraise, qui offre autant de volupté à l'œil, cent fois plus au goût, et qui prête autant que les deux fleurs aux métaphores galantes, ait paru bien difficile à traiter, puisqu'on ne connoît sur elle que la pitoyable chanson du jardinier. Si j'avois le bonheur d'être des dîners du Vaudeville, j'en donnerois le mot à l'un de mes confrères, mais je tâcherois de garder pour moi le saladier où elles se trouveroient.

Genoux.

Sans l'esprit de galanterie qui l'a fait dégénérer en un usage sans conséquence, je ne trouverois pas de position plus déplacée, ni de situation plus embarrassante, qu'un homme aux genoux d'une femme....

Eh ! pourquoi tomber à ses genoux, quand on peut se précipiter dans ses bras ?

Gobelets.

Si quelqu'un, dans un cabaret, voyoit au moment où il va boire toutes les bouches qui ont approché les parois de son verre, il seroit bien peu délicat si la liqueur ne le répugnoit pas.... Que de femmes dont on dédaigneroit aussi la couche si l'on savoit quels sont les *quidams* qui l'ont souillée !

Grammaire.

C'est la logique des mots.

Guérets.

Une rime riche peut faire le succès d'un mot en poésie, comme un bel habit peut faire briller un homme dans la société ; le guéret n'est qu'une terre labourée et non encore ensemencée, ce qui, loin d'être agréable à l'œil du voyageur, est même fatigant par son insipide monotonie ; cependant il existe peu de jolis poèmes, *où le soleil n'ait éclairé les guérets*, parce que l'auteur a la ressource de la rime des *regrets* et des *bienfaits* pour le second vers..... Il est donc des consonnances heureuses pour les mots, comme il est des circonstances prospères pour les amans, et des situations favorables pour les intrigans.

Habit.

Il est aussi ridicule de se singulariser par une mise cynique, que d'outrer les modes.

Ce ne sont point les vers sans sel de Dorante qui le font réussir auprès des belles, c'est son frac, et si son tailleur lui retiroit la magie dont il l'environne, il perdroit autant qu'un auteur de pantomime qui se seroit brouillé avec le machiniste.

Héliotrope.

Cette fleur semble avoir dérobé au ciel ses nuages bleus, pour en faire sa couleur variée. Elle tourne sans cesse autour du soleil : c'est l'emblême de mon cœur qui suit ROSE par-tout.

Heures.

Ce sont les filles du Temps.... Malheureux père ! que de prostituées dans ta famille ! que de sœurs d'un différent caractère !... Pourquoi les p'us sages n'ont-elles pas , par leur exemple , le pouvoir de corriger les vagabondes ?

Aucune d'elles n'a jamais pu se fixer : celle qui le feroit épouseroit l'éternité, et l'immortalité seroit son apanage.

Parmi ces jolies nymphes , il y en a de brunes qui ne paroissent que la nuit, et de blondes qu'on ne voit que pendant le jour. Il en est une nommée *l'heure du berger ;* c'est sur celle-là que sont réunies toutes les grâces de la famille..... Ah ! si les dieux vouloient me protéger autant que je les honore , ils reprendroient moitié de mon existence, en m'accordant que l'autre fût une longue suite *d'heures du berger!!!* Malgré leur courte existence, il est peu de ces fugitives qui n'emportent

7.

au tombeau des ennuis ou des soucis; mais,
quoique tardives à arriver et promptes à
fuir, elles auroient assez vécu, si chacune
d'elles pouvoient compter dans sa carrière
un ingrat de moins ou un bienfait de plus.

Sujettes à des métamorphoses, elles sont,
pour la plupart des hommes, l'espoir dans
l'avenir, la chimère dans le présent et
dans le passé ; il est rare qu'elles ne deviennent pas le regret. Heureuse l'ame
tranquille à laquelle elles sont l'insou-
ciance pour l'avenir, la providence pour
le présent, et l'oubli pour le passé!

Moi qui, pendant ma vie, brûlai
d'amour pour ROSE, je lés ai toujours
vues l'attente du bonheur dans l'avenir,
la jouissance dans le présent, et le souvenir dans le passé.

Heures ! jolies capricieuses ! fuyardes
agiles !... vous vous moquez de moi ; j'ai
voulu vous arrêter un instant, mais vous
m'échappez ; j'ai voulu passer des mo-
mens bien doux en m'occupant de vous,
mais une seule a daigné sourire à cet
article ; il n'est pas terminé, et je la vois

déjà se précipiter dans l'abîme du passé, pour ne revenir jamais.

Hommes.

Des philosophes ont placé l'homme au haut de l'échelle... Gare à lui ; s'il lève le pied, il peut tomber dans l'abîme.

D'autres ont dit que c'étoit l'image d'un Dieu créateur ; tant pis pour Dieu, car il ne seroit ni beau, ni sage.

D'autres ont dit que c'étoit le roi des animaux : c'est bien un roi de carreau, car son peuple lui fait la guerre et le dévore, ou il lui en fait autant.

Avec le plus d'entendement, c'est l'être le moins libre dans la nature. En politique, il est esclave de son gouvernement, n'importe sous quelle forme il soit organisé ; en morale, il est esclave des préjugés ; en philosophie, il est esclave de ses opinions ; en religion, il est esclave des prêtres : l'homme, considéré comme animal, n'est jamais lui.

Les bestiaux dont les hommes se nourrissent vivent de l'herbe des prés ; c'est

donc pour avoir une vache , du lait , du
beurre, du pain et de la viande, qu'ils pas-
sent leur vie à cultiver la terre ou à se
faire la guerre. L'envie d'acquérir un peu
d'herbe est la pomme de discorde qui les
divisent. Oui , ce n'est jamais que pour
quelques brins d'herbe que des peuples
entiers font raisonner le bronze ; lorsqu'un
monarque envahit des provinces , ou que
les fermiers s'intentent des procès pour se
faire adjuger un champ, ce n'est , en dé-
finitif, que pour un brin d'herbe... Souvent
le souverain a perdu dix mille hommes
dans une bataille , et le propriétaire , dix
mille écus au barreau , sans considérer
que ces fortes avances ne sont que pour
obtenir un brin d'herbe ; car lorsque
Bélonne ou Thémis les a favorisés, ils ne
sont véritablement plus riches que du foin
d'une prairie..... jamais rien de plus!....
car ils n'ont pris que de la terre, et la
terre ne rapporte que de l'herbe..... O
prairie ! sur laquelle je me suis si souvent
roulé avec ROSE , le ruisseau qui vous
baigne n'a pas l'étendue de celui de sang,

de sueurs et de pleurs que vous avez fait couler parmi les hommes!

Honneur.

Le véritable honneur ne devroit être que la bonne foi. Chez les hommes, l'honneur consiste à se couper la gorge ou à se brûler la cervelle pour un simple démenti; chez les femmes, il consiste à résister au plus doux penchant de la nature, et à combattre sans cesse le sentiment qui règne en leur cœur.

Hospitalité.

En faisant une glorieuse campagne pour la défense de son pays, un jeune homme, éloigné de son bataillon, fut très-bien accueilli dans une chaumière flamande, dont le propriétaire refusa tout salaire; il écrivit le lendemain ces vers sur une ardoise qu'il plaça près de la porte.

> Il offre en sa chaumière
> Un asyle aux passans,
> Et prit de ma misère
> Les soins les plus touchans.

Chaume, où la paix habite
Et le bienfait !
Le voyageur te quitte
Avec regret.

Voilà comme j'aime qu'on soit poète !
quand le cœur guide la plume.

Idée.

Il n'y a point d'idées neuves, parce
qu'il n'y a pas de choses nouvelles.

Une idée est un rapprochement de plusieurs choses, comparées entr'elles pour
en tirer une conclusion ou faire une application.

Une idée ne peut être présentée sans
des mots ou des signes rappelant des
choses, non plus qu'une couleur sans un
corps : or, comme tous les objets spirituels
ou matériels sont déjà connus, il s'en suit
qu'une idée l'est de même, et qu'elle ne
paroît neuve qu'aux yeux de celui pour
qui elle est seulement nouvelle.

J'aime à trouver des idées dans un
livre ; elles tiennent, dans la littérature,
le même rang que les fruits dans un

verger, qui nourrissent, et dont les pepins ont la propriété d'en produire d'autres.

Infidélité.

Sentiment dont nous nous plaignons toujours à tort chez les femmes, puisque le plus souvent nos bonnes fortunes ne sont dues qu'à leurs infidélités. Quand une jolie femme fait une infidélité à son amant pour passer un caprice, c'est une restitution que l'habitude fait au plaisir.

Le reproche qu'on fait aux femmes d'être infidèles est injuste, car ce sont les hommes qui les y provoquent sans cesse.... La girouette ne changeroit jamais de place, si le vent ne varioit le premier.

Irlandais.

Les Anglais plaisantent les Irlandais, de même que les Dijonnais ont ri aux dépens des habitans de Beaune, et se plaisent à répandre de malignes anecdotes sur leur compte : les premiers nous ont fait savoir qu'un jour un Irlandais fut plaisanté, en passant dans la rue, par un

Anglais qui étoit à la fenêtre. Ah ! lui dit naïvement l'Irlandais qui étoit au pied de la maison : Si je te tenois, je te jetterois par la fenêtre !

Un autre Irlandais ayant perdu une paire de bas de soie qui valoit dix-huit francs, l'avoit fait tambouriner dans le quartier : comme il se plaignoit à un Anglais de ce qu'on ne la lui rapportoit pas, il lui demanda combien il avoit promis de récompense. — Six sous, dit l'Irlandais. — C'est trop peu, reprit l'Anglais, que d'offrir six sous pour une paire de bas de soie qui vaut dix-huit francs. — Laissez donc, s'écria l'Irlandais, j'ai dit au tambour d'annoncer que c'étoit une paire de bas de laine.

Jeux de hasard.

Ce sont ceux qui n'exigent point de calculs et qu'on a cependant le plus calculés.

Les jeux de hasard sont l'invention la plus infernale que la cupidité ait jamais faite contre la crédulité : c'est une mer orageuse dont l'espoir est la boussole ;

mais l'aiguille de cette boussole est si mal aimantée, qu'elle ne conduit que d'écueils en écueils, quand on ne prend pas la prudence pour gouvernail, et la fuite pour l'ancre de miséricorde.

Joli.

C'est ce qui plaît.

Le joli est jugé par le caprice.

Le beau est jugé par le goût.

Joli est un mot national; il ne se traduit point.... Honneur au pays dont les femmes ont fait trouver cette expression !

Jupon.

De tous les atours des femmes, c'est peut-être celui qui a le plus de grâce : nos dessinateurs et nos chansonniers ne s'en sont pas assez occupés ; je voudrois le voir par-tout ; je voudrois le chanter dans mes refrains, car si la draperie est ce qu'il y a de plus noble dans le costume, il est, sans contredit, le premier de tous les ajustemens.

J'admire sa grâce depuis le jupon court

d'une danseuse jusqu'au jupon d'une élégante , dont la queue porte trois aunes de long , et qui traîne majestueusement sur nos parquets plus d'étoffe qu'il n'en faudroit pour habiller une pauvre petite fille........ Quoique je fasse cette réflexion , je n'ai cependant pas le courage d'en vouloir à ce jupon ; je ne sais pas au juste d'où vient la vénération qu'il m'inspire , mais je l'aime !... je l'aime !...

Cinquante guerriers grecs ont , dit-on , traversé une mer orageuse pour aller conquérir une toison d'or..... Il n'y avoit donc pas de jupons sur le rivage.

Légèreté.

Un philosophe aimable disoit d'une femme sur le retour , qui avoit été très-volage dans sa jeunesse, et qui commençoit à devenir constante , que c'étoit un oiseau qui ne voloit plus, parce qu'il avoit perdu ses aîles.

La légèreté, dans la danse, est à la grâce, ce que, dans le discours, la finesse est à l'esprit.

Le plus grand homme du monde.

Le roi demandoit un jour à un mauvais poète quel étoit le plus grand homme du monde ? — Sire, reprit-il, après vous, c'est moi..... Je ne sais quel étoit le plus ridicule de la flatterie du poète ou de son audace ? Ce qu'il y a de certain, c'est que si on pouvoit croire cette réponse, elle nous feroit passer pour un peuple de pygmées. Chacun se croit le plus grand homme du monde, n'eût-il imprimé que quelques rêveries, ou fredonné une chason sans sel et sans comique. Les membres d'une académie se croient la science infuse, et les membres d'un petit lycée croient valoir autant que les membres d'une académie, malgré l'immense barrière qui les sépare..... L'auteur d'un système veut seul avoir de la raison ; toute femme se croit une Hébé, et les auteurs du boulevard affirment qu'ils auroient fait *Phèdre* et *Athalie* si Racine ne fût pas venu avant eux.... Les Français peuvent cependant se flatter, avec orgueil, qu'ils

ont vu le plus grand homme du monde;
héros, dont le bras fit la guerre et dont
le cœur dicta la paix.

Livre.

Un livre est ordinairement le résultat
de longues méditations, et n'en vaut
souvent pas mieux pour cela ; car si l'auteur a mal vu, son livre est nécessairement mauvais. On ne peut pas, dans
une bibliothèque, prendre trois ou quatre
volumes sur la même science, sans les
trouver tous trois ou quatre d'avis différens ; cependant la vérité est une, et s'ils
diffèrent, les assertions qu'ils renferment
sont nécessairement fausses : donc les
livres sont dangereux.

C'est le domaine de l'erreur !

C'est la sottise éternisée !

C'est une mine de cuivre, où les mi-
nières d'or sont bien rares !

Les poisons qu'on trouve dans la tête
des serpens, n'ont pas été plus funestes
que les idées qui sont sorties de la tête
des auteurs qui ont fait de mauvais livres.

Le Dictionnaire des Athées et le roman de *Justine* sont plus affreux que la tête de Méduse. J'enverrai mon fils au travers des déserts de l'Afrique sans craindre les bêtes féroces ; je frémirai pour lui s'il ouvroit ces ouvrages.

Il ne reste à celui qui a passé sa vie à lire , qu'un plus grand nombre d'erreurs dans la mémoire , sans savoir deux vérités de plus que celui qui n'auroit fait que contempler la belle nature.

Non seulement il n'existe pas un livre parfait, mais, dans les meilleurs ouvrages, les hautes sciences sont conjecturales ; la physique , incomplette; les traités , systématiques ; l'histoire , fausse ou révoltante ; les belles-lettres , bien enlaidies par la plume de leurs auteurs ; les satyres , dégoûtantes ; les poëmes , inutiles ; les romans , insignifians ; les fables, puériles ; la théologie , la honte de l'esprit humain ; et la métaphysique , obscure. Quand on fait ces réflexions , on est tenté de trouver les contes des Fées bien raisonnables, puisqu'ils n'ont pas fait égorger deux millions d'hommes, comme le Pentateuque.

Louangeurs.

Il existe à Paris trois ou quatre journalistes qui disent du bien de tous les ouvrages, de tous les savans, de tous les auteurs, de tous les artistes, sans leur inspirer la moindre reconnoissance ; ils ont même autant d'ennemis que les censeurs les plus sévères : le miel qui découle de leur plume se rancit aussitôt qu'il voit le jour.

Admirer tout le monde, c'est n'avoir remarqué personne. Quand le même encensoir est balancé devant tous les autels, l'encens ne flatte plus les dieux ; ce seroit injurier *Voltaire* que de le préconiser après avoir fait l'éloge de *Fardeau*..... Mais c'est pour avoir ses entrées au spectacle que ce petit écrivain vante tel ou tel acteur dans le feuilleton d'un journal ignoré ; malgré tous ses efforts, son éloge contourné ne me prouve pas le talent du comédien, et me laisse voir qu'il lui manquoit trente sous pour prendre un billet au bureau.

Lune.

C'est le satellite de la terre, et comme c'est le monde étranger placé le plus près du nôtre, nous nous en occupons davantage. *Astolphe* y a été chercher le bon sens de *Roland*, enfermé dans une bouteille ; *Orgon* a voyagé dans la lune ; *Nicodéme* nous en a transmis les usages, et le bergamasque *arlequin*, au teint des habitans de la Mauritanie, en a été proclamé empereur, ce qui ne l'a pas empêché de retomber fripier, journaliste, tailleur, afficheur, portier et rentier.... O vanités des grandeurs humaines !

Le Cousin-Jacques a dédié tous ses ouvrages à la lune ; il est fort bien avec elle, le Cousin-Jacques !... et sans le compter, il y a beaucoup de lunatiques en France.

J'ai connu deux amoureux qui, à minuit précis, se mettoient chacun à leur

fenêtre et envoyoient des baisers à la lune
pour les leur rapporter ; c'étoit dans son
sein qu'ils en faisoient l'échange, ou
plutôt qu'ils les confondoient, ce qui est
encore plus doux. La bonne *Phébé* sui-
voit toujours le cercle qu'elle devoit parcourir, sans se douter que deux cœurs
heureux la prenoient pour leur Mercure.

Les ames expensives aiment la lune
et le silence des nuits ; c'est l'astre des
amans : voilà pourquoi les esprits secs et
froids en ont fait la divinité des gens qui
déraisonnent.

Je connois un poète qui n'a chez lui
que des cuillers d'étain, et à qui son
boulanger ne veut plus faire crédit, qui
lui a prêté dans ses vers un flambeau
d'argent, quoiqu'assurément sa lumière
soit couleur de paille, ce qui rend sa
métaphore aussi disparate que les tons de
l'ardoise et du lylas sont différens..... Si
son jugement n'est pas mieux organisé
que ses yeux, il pourra prendre la prose
de Rousseau pour les fables de Lafontaine.

Main.

La main de l'homme est le siége de toutes les puissances ! elle a su donner des digues aux mers irritées, creuser des lits aux torrens impétueux, lancer la foudre qui vomit la mort, arracher le tonnerre de ses régions élevées, lancer des globes vers les cieux, et des villes sur la plaine liquide qui nous sépare de l'Amérique ; ordonner aux élémens et menacer les dieux !!!... La mienne encore n'a cueilli que des bouquets pour ROSE, et pris de plume que pour la chanter.

Mariage.

Chaîne morale de l'amour ! jamais assez respectée par le public, ni vantée par les écrivains, qui se sont rendus coupables de quelque désordre en avilissant ce lien sacré, dans leurs comédies, qu'ils ont rendues plus triviales sans les rendre plus gaies.

Une infidélité ne produit pas dans le mariage le même effet qu'entre deux

amans. L'amour-propre de la femme n'y
perd jamais , tandis que l'honneur du
mari est toujours compromis. L'époux
est-il un libertin qui court avec des cour-
tisannes en délaissant sa jeune moitié ,
chacun la plaint , ses larmes attendrissent
sans que son amour-propre puisse en souffrir; elle paroît un ange; il n'est personne
qui ne voulût la consoler , et qui ne fasse
retomber le blâme sur son mari; tandis
qu'au contraire , si c'est la femme qui
trahit la foi conjugale , l'époux devient
l'objet le plus ridicule , on rit à ses dépens , et le mépris public vient ajouter
au poids de ses douleurs..... Personne ne
le plaint ; ses meilleurs amis l'abandon-
nent , et son infidèle , quoique blâmable,
se voit encore encensée par la foule qui
brigue ses faveurs.

Maris trompés.

J'ai toujours tremblé devant eux ; ils
sont en si grand nombre , que s'ils vouloient se coaliser , ils dicteroient des lois
au reste des hommes , et la plus petite

province de leur royaume pourroit avoir plus d'étendue que l'empire de Russie.

Mélancolie (1).

Il n'y a que les mélancoliques qui goûtent véritablement les plaisirs de l'amour: l'imagination seconde leurs sens, et le sentiment se joint à la jouissance.

Si une personne d'une gaîté folle avoit pu savourer un seul instant la volupté dont jouit un mélancolique, assurément elle voudroit le devenir pour le reste de sa vie..... Cependant si les plaisirs sont vifs pour eux, les peines sont profondes ; leur cœur est comme une terre molle, sur laquelle le moindre socle trace les sillons les plus creux.

Une femme mélancolique, en n'aimant pas beaucoup son amant, lui sera encore plus fidèle, qu'une étourdie qui croira adorer le sien.

---

(1) Article dans lequel on ne trouve point de saule-pleureur.

Il y a peut-être cent fois plus de charmes à pleurer d'amour et d'ivresse sur le
sein d'une douce amie, au fond d'un
bois solitaire et sombre, qu'à rire et
folâtrer dans le tourbillon des plaisirs,
où le bruit remplace la volupté.

Le mélancolique parle peu, il con-
centre toutes ses affections : comme il ne
perd presque jamais rien de ses idées ni
de ses penchans, tout fermente en son
ame, et il seroit capable des plus grandes
actions, si la paresse, tant propice à sa
constance, n'amollissoit pas ses ressorts.

Membres d'un Lycée.

Leur plus grand ridicule est de se croire
de grands hommes, parce qu'ils sont
membres d'une petite société.

Mètre.

C'est la mesure des étoffes : il n'y en a
pas encore pour la reconnoissance, la
sobriété, la tempérance.... d'ailleurs à
quoi serviroient-elles ?

Miettes de pain.

Venez, petits oiseaux , quand je mange ,
venez ramasser mes miettes de pain ; je
ne vous ferai pas de mal , car je ne suis
pas méchant..... Si je savois que vous eus-
siez faim , je mangerois exprès pour vous
donner des miettes de pain.... et si je n'avois
pas d'appétit , c'est égal , vous en auriez
encore.....

Mines.

C'est un jeu de physionomie qui peint
un sentiment ! C'est une expression muette
qui est à la figure ce que le coloris est
au discours. Si la poésie est le langage
des dieux , les mines sont l'idiôme de
Cythère. Une femme coquette fait des
mines pour s'attirer les regards de la foule.
Combien de femmes qui , n'ayant d'autre
mérite que celui de faire des mines , n'en
ont pas moins captivé de profonds pen-
seurs !.... Un héros peut escalader un
bastion , lors même qu'il fait feu des flancs,
des faces et de la courtine , mais il n'é-

chappe pas aux filets que lui tend une jolie minaudière.

Les lèvres et les yeux sont les principaux organes qui servent à faire des mines; ce sont les verbes actifs de ce langage ! Des mines faites à propos suppléent à tous les talens, remplacent les grâces, et séduisent plus que la beauté, qui est toujours froide sans l'expression ; comme l'expression, à son tour, n'a d'attraits que par les grâces, et les grâces n'ont de modulations que par les mines.

Les mines sont filles de l'art ; les grâces le sont de la nature !

Il n'est point de femmes coquettes sans mines, comme il n'est point de femmes jolies sans grâces.

Les mines sont à l'art de plaire, ce que 'es caresses sont à l'art d'aimer. Les mines sont dans un boudoir, ce que les roses sont dans un jardin.

Les mines mal faites deviennent des grimaces; alors, elles enlaidissent, autant que, bien faites, elles auroient embelli; elles offensent les yeux, autant que la cantatrice qui chante faux, déchire l'oreille.

O mines ! précieux passe - temps du plaisir ! que vous m'offrez d'attraits ; que de voluptés vous faites naître dans nos cercles et nos boudoirs ! qui vous a savourées ; qui vous a lues sur le joli visage de ROSE , trouve ensuite bien fades et bien insignifians les vers de nos lycées.

Minette.

Minette semble avoir été d'abord le nom d'une chatte : mais quelques seigneurs, que l'amour favorisoit auprès de nos bourgeoises , leur ont donné ce nom si doux dans de tendres épanchemens.......
Ah ! Minette !..... Depuis ils s'en sont servis dans leur correspondance amoureuse, parce qu'il leur rappeloit des souvenirs agréables. Les poètes qui écoutoient parler les échos des ruelles , en ont embelli leurs poésies érotiques , qu'ils intitulent communément : *Pièces fugitives*, et qui le sont tellement, qu'elles n'ont pu arriver jusqu'à nous.

Je ne connois pas de nom plus caractéristique pour peindre une de ces femmes vive, jolie, spirituelle, aimant le plaisir et la frivolité ; délices de nos boudoirs, qui n'ont que des caprices en chantant l'amour, et qui nous font connoître la volupté en ne songeant qu'à la jouissance.

Miroir.

Il réfléchit tout ce qu'on lui présente, et en rend l'image parfaite ; mais sur sa glace, toujours un objet en efface un autre sans en laisser la moindre trace. Tel est le cœur de la femme qui ne garde aucun souvenir de l'amour quand il est remplacé par un autre.

Mort.

Je ne dirai pas comme Sédaine : c'est notre dernière heure, parce que je dirois une bêtise, et que je ne travaille pas pour l'Opéra-comique.

La mort est ce grand pas qu'on fait pour aller d'un monde dans un autre. Ce moment n'arrive jamais que par quatre

causes, parce qu'il n'y a que quatre espèces de mort. C'est dans le sang, principe de la vie, qu'elles se trouvent ; ce
n'est que lorsque le sang se *dissout*, se
coagule, *fermente* ou se *perd*, que la
mort arrive. Malgré les deux mille mala-
dies dont l'espèce humaine est affligée,
suivant le rapport des médecins, la faux
du Temps n'a jamais agi autrement que
par ces quatre moyens. Toutes les mala-
dies, les blessures et les poisons ne tendent
qu'à *dissoudre*, *coaguler*, *fermenter* ou
perdre le sang, dont le résultat est la
mort : or, le remède universel seroit de
trouver le moyen de conserver le sang
dans sa pureté, puisque c'est dans lui que
réside le principe de la vie. Ceux qui voudroient chercher ce spécifique, devront
examiner si c'est par la combinaison des
acides et des alkalis que s'entretient sa
lympidité, et si son mouvement est dû au
mélange de ces deux élémens.

Mots.

Beaucoup de gens croyoient qu'un mot

9

ne renfermoit guères qu'un son ; mais depuis que les auteurs des Dîners du Vaudeville en ont fait des applications si heureuses, on voit qu'un mot contient une source d'idées, d'où il découle une série de sentences, et le dictionnaire le plus aride leur offre un champ où ils moissonnent des roses, tandis que nous n'y apercevions que des épines.

Un grand mérite dans la conversation, c'est de trouver le mot propre à la chose.

Il y a des mots qu'il est aussi dangereux d'employer dans le discours, que les poisons dans la cuisine.

On dit que la chose vaut mieux que le mot ; cependant, combien de mots ont fait valoir les choses!... *Catherine* et *Margoton* ne peuvent pas être aussi jolies que ROSE et *Adèle.*

Dans le monde comme au théâtre, les mots font plus de sensations que les choses ; l'action la plus licencieuse peut être racontée d'une manière assez décente pour ne pas offenser la pudeur ; et la démarche la plus innocente, peinte par des mots qui

blesseroient les oreilles les moins délicates...
Telle est la puissance des mots ; ils prêtent
un coloris au discours, un charme aux
idées, ou les défigurent.... Les mots peuvent
tout !.... On ne connoît pas assez leur
ascendant ; je ne demanderois, pour toute
fortune, que la magie de savoir les placer
à propos.

Murmure.

Le prince qui détourne un ruisseau
pour le faire passer dans son parc, sur
des rives plus fleuries que les plages arides
qu'il quitte, lui permet de murmurer encore après ce bienfait ; s'il a fait raser la
chaumière d'un paysan pour étendre la
vue de ce même parc, cette fois-ci il interdit
le murmure au malheureux qu'il déplace.

Dans nos villes, les fontaines seules ont
bonne gráce à murmurer !

Musique.

La musique notée est l'écriture des
sons.

La musique exécutée en est la peinture.

Nota-benè.

Bien des gens prononcent ces mots pour vous faire remarquer ce qu'ils ajoutent à leurs discours..... *Nota-benè*..... Retenez bien *benè*, disoit, à son auditoire, quelqu'un qui savoit que le trait se trouvoit à la fin de ce qu'il alloit conter.

Oiseau.

Les cinq voyelles, a, e, i, o, u, et une seule consonne forment ce mot; c'est le seul de la langue française qui ait cette singulière construction....... Pourquoi les faiseurs d'anagrammes ne l'ont-ils pas encore remarqué ? Quel beau sujet pour un auteur de logogriphes !

Je ne sais sur quel fondement plusieurs écrivains ont avancé que les oiseaux parloient ; il y en a même qui ont prétendu entendre leur langage..... Ce qu'il y a de probable, c'est que chaque cri ou chaque son, produit par un animal, annonce un sentiment ou la situation de son être, mais sans liaisons d'idées..... Quoi qu'il en soit, j'ai voulu aussi faire le petit traducteur d'un idiôme que je ne comprendrai jamais, et j'ai cru entendre dire aux oiseaux ce que j'ai rapporté dans les trois couplets suivans, dont mon ami Guichard a fait la musique ; musique imitative de leur voix, qui est bien préférable aux paroles.

Le rossignol sensible et tendre,
Au langage mélodieux,
Dit aux oiseaux qui vont l'entendre,
Qu'il faut aimer pour être heureux !
    Près de sa belle
    Il est fidèle ;
    La tourterelle
    Est son modèle ;
    Plaisir près d'elle
    Se renouvelle.
    Comme ces oiseaux,
    Disons aux échos,
    Que les amours
    Font les beaux jours.

Ritournelle imitant le chant du rossignol.

Bientôt l'innocente fauvette
Sur la branche vient à son tour
Faire entendre à la bergerette
Son joli langage d'amour.

Ce dieu la guette :
Fine et discrette,
Simple et coquette,
C'est sur l'herbette
Qu'elle répète
La chansonnette.
Comme ces oiseaux,
Disons aux échos,
Que les amours
Font les beaux jours.

Ritournelle imitant le chant de la fauvette.

Souvent des concerts du bocage
Le hibou trouble les accords ;
On n'aime ni son laid plumage,
Ni ses accens par trop discords.
Car son amie,
Toute la vie,
Est poursuivie
De noire envie,
De jalousie,
De frénésie.
Comme ces oiseaux,
Disons aux échos,
Fi des hibous !
Fi des coucous !

Ritournelle imitant le cri des hibous et des coucous.

Ombre.

C'est le rideau des amours ; c'est la pierre d'achoppement des peintres ; c'est un mot métaphorique, qui est d'un grand secours dans la poésie érotique. Un auteur pastoral compose, dans *l'ombre* de la nuit, une élégie, dans laquelle il place Lisette, dans *l'ombre* des bois, près de son amant, qui connoît *l'ombre* du mystère ; mais, quoiqu'il ait oublié d'invoquer *l'ombre* de Dorat, ses vers sont si *ombrés*, qu'on ne voit pas trop ce qu'il a voulu dire.... On pourroit lui conseiller d'abandonner ces *ombres* pour l'ombre du sens commun.

C'est dans *l'ombre* des cavernes qu'on fabrique la fausse monnoie ; c'est aussi dans *l'ombre* des greniers qu'on rédige les pamphlets ; mais l'un n'a pas plus de cours dans le commerce, que l'autre dans la littérature.

Le faux-monnoyeur ne peut me nuire qu'en me faisant perdre une foible pièce d'or ou d'argent, quand le calomniateur peut me priver de ma réputation, que

je ne donnerois pas pour tous les trésors
du monde : cependant, si l'un ou l'autre
sont pris par les soins actifs de la police,
celui qui ne pouvoit pas me ruiner, est
condamné aux galères ; tandis que celui
qui pouvoit me ravir ce que j'ai de plus
cher, n'éprouve tout au plus que quelques
jours de prison, dans laquelle il s'enivre
en insultant à la chasteté des Muses.......
O code de Dracon !...

Orange.

Les oranges sont très utiles dans nos
bals d'hiver; c'est le centime de la monnoie
d'amour ! — On donne une orange à une
petite grisette, pour avoir le droit de lui
serrer la main..... Si on lui en offre une
demi-douzaine, on peut hardiment exiger
son adresse, car elle ne la refusera pas....
Il y a un tarif pour toutes ces sortes de
faveurs ; le meilleur maître, pour l'enseigner, c'est l'usage. Avec de la gaîté,
de l'effronterie, le menton dans la cra-
vatte, le chapeau sur l'oreille, et une
caisse d'oranges , on peut facilement

soumettre toutes les femmes qui vont danser à Paphos et à l'hôtel Longueville.

Orateurs.

Hommes dont le mérite consiste à crier plus haut et plus long-temps que les autres, ce qui leur donne nécessairement raison, attendu qu'ils finissent par parler seuls. Un Stentor opiniâtre finit par avoir plus de logique que Montesquieu.

Un avocat plaidoit : sa partie adverse crioit à tue-tête, et le força d'abandonner sa cause. — Comment voulez-vous, disoit-il, qu'un homme qui n'a que des poumons comme les miens, ait jamais raison contre une gueule comme celle-là !

Anacharsis Clootz s'étoit intitulé *l'orateur du genre humain*....... Quelle folie ! Le genre humain ne l'écoutoit pas.

Oreilles.

Si tous les Mydas de la capitale les avoient aussi longues que celles du roi de Lydie, nos chapeliers emploieroient plus de feutre, pour les couvrir, qu'ils n'en ont retiré des toquets de nos jokeis.

Une grande oreille sied mal ; c'est peut-être pour cela qu'on en a fait l'apanage de l'ignorance, qui ne convient à personne.

Voyez-vous ce petit maître , paré d'un beau frac , et coiffé en petits crochets? Eh bien ! ses oreilles sont encore couvertes de poudre ! il se croit élégant ; mais il n'est point élégant , parce qu'il n'est pas propre ; et il n'est pas propre , parce qu'il ne se lave pas les oreilles.

Si on écoutoit attentivement la conversation dans un cercle , notre tympan prendroit la place de la retine , et on remarqueroit facilement que beaucoup de gens laissent voir le bout d'oreille.

Cette vieille douairière , qui vante la galanterie du siècle dernier , aux dépens du nôtre , laisse voir le bout d'oreille.

Ce financier , qui veut faire accroire qu'il étoit riche avant que d'entrer dans les fournitures , où il dit qu'il étoit impossible de voler , laisse voir le bout d'oreille.

Ce faux brave, qui cherche à persuader que lui , dixième , il a pris , dans ses campagnes , un ouvrage à corne , dont les cornes étoient d'ivoire , nous montre le bout d'oreille.

Ce poète, qui cite Boileau pour Horace, laisse voir l'oreille toute entière.

Cette jeune étourdie , qui a fait un faux pas près du sopha où l'attendoit un sé-ducteur , a laissé voir autre chose qu'un bout d'oreille, et ce n'est pas à son oreille qu'on en remarque les suites.

Vers le siècle de *Musée*, un poète grec, qui chantoit une *Corine*, comme j'ai chanté ma ROSE, sans que , pour cela , elles en fussent plus fidèles, nous a appris, dans ses vers, qui sont parvenus bien pou-dreux aux Romains, et dont peut-être on a beaucoup altéré le sens depuis *Pétrone*, que l'oreille de sa bien-aimée étoit toujours fermée à la louange de ses rivaux..... Oh ! comme l'ouïe a gagnée depuis le chantre de Héro et Léandre !... on ne voit plus de semblable surdité !

La puce est de tous les animaux celui qui a la faculté de s'élever, en sautant, deux cent soixante-dix fois sa hauteur;

aussi n'est-il pas étonnant qu'il nous prenne quelquefois à l'oreille.

Le fournisseur qui entend parler de la révision de ses comptes, a la puce à l'oreille.

L'auteur qui sait que le journaliste qui doit rendre compte de sa pièce, a lu et se rappelle des vaudevilles du temps de *Favart*, a la puce à l'oreille.

Et moi qui glose en ce moment, si j'apprenois que ROSE voit encore ce jeune peintre qui dansoit si joliment, j'aurois aussi la puce à l'oreille, et peut-être bien que l'oreille ne seroit pas la partie de ma tête qui s'en trouveroit la plus affectée.

Orgue organisé.

Dieux !..... quels sons touchans et vaporeux ce bon savoyard fait entendre sous mes croisées !... qu'il y vienne tous les soirs, je veux l'écouter ; il réveille mon cœur engourdi, m'enivre de volupté, et me rend digne des bienfaits de l'amour en attendrissant mon ame : il m'ouvre les portes du bonheur en m'ouvrant celles de la mélancolie..... Orphée des rues, tu

ignores quel est ton savoir et ta puissance !
enhardis-toi, et va, jusqu'au pied de son
trône, séduire la princesse ; si l'amour lui
prête mes sensations, elle cédera aux
doux charmes de tes accens ; et si tes sons
magiques donnent à son ame expensive
cette molle agitation qui éveille les desirs
et fait naître la jouissance, tu triompheras
en parvenant au cœur par le chemin de
l'oreille.

Quand *Servière* chantoit la musique,
il venoit sans doute d'être inspiré par cet
instrument délicieux. Voici son couplet, et,
dans lequel l'auteur se montre aussi poète
que musicien.

Air : *De la Vaudreuil.*

A la musique
Quand on s'applique,
On y découvre un plaisir presqu'unique.
Cet art magique
Que je pratique,
Pour l'amateur
Est vraiment enchanteur.
La mélodie,

La tendre harmonie,
Inspire au cœur
La plus douce langueur.
Une romance,
Avec décence,
Peint d'un amant l'amoureuse démence.
La symphonie,
Du vrai génie,
Sait peindre, encor
Le magnanime essor.
Dans le hâmeau,
Aux doux sons du pipeau,
Le berger amoureux
Chante ses vœux,
Ses feux.
L'amante s'attendrit,
L'amant heureux jouit ;
Leur bonheur est parfait :
La musique a tout fait.

A la musique, *etc.*

Oui.

Il est possible de réparer l'injure faite
à quelqu'un ; on rétracte facilement une
erreur en philosophie comme en morale;
on peut brûler ses vers quand on en fait
d'aussi mauvais que ceux qu'on lit aux

musées, et alors les regrets doivent se dissiper ; mais rien n'a la puissance de consoler d'avoir prononcé le oui du mariage avec une mégère.

Heureux celui qui n'a jamais dit oui, que pour souscrire à des actes de bienfaisance, ou après une pensée réfléchie; mais que je plains l'insensé qui a prononcé le oui qui l'engage à l'objet de ses tourmens ; ce oui là est la chaîne dont le poids est le plus lourd ; il est le synonyme de poison.

Pacha.

Dignité musulmane. Il y a des pachas à deux et à trois queues..... Si nous avions en France des hommes d'un rang qui jouisse d'une telle prérogative, on trouveroit peu de célibataires parmi eux.

Parade.

Les badauts aimoient ces spectacles, qui se donnoient dans les rues, parce que, disoient-ils, ils y entroient pour rien.

Autrefois la parade se donnoit en dehors, et la comédie en dedans. Aujourd'hui la comédie est souvent ce qui précède la parade.

On a vu la parade, donnée en dehors, valoir beaucoup mieux que la pièce qu'on ne pouvoit voir qu'en payant; cela rappelle ces femmes galantes qui ne sont bonnes à voir qu'à la fenêtre, et jamais derrière le rideau.

La parade a tout-à-coup passé des tréteaux du boulevard dans les sallons de nos parvenus. Quand on voit les gens du suprême bon ton donner un thé, on croit être aux marionnettes de *Bienfait*, lorsqu'il représentoit le grand festin de Bruscambille, à l'occasion de nôces de la veuve Mistanflûte.

La parade ayant été défendue par les autorités, certains directeurs de spectacles y ont suppléé par des affiches, qui jouoient, à elles seules, et la parade et la comédie: elles portoient des programmes de pantomimes et des couplets d'annonces, ainsi qu'un historique des ouvriers et manœuvres; on y trouvoit les noms du décorateur,

du machiniste, de l'allumeur, du tailleur...
On lisoit, en gros canon, la salle sera
éclairée dans un goût nouveau, par le
citoyen un tel..... En effet, cette manière
d'éclairer étoit bien nouvelle, car on avoit
de la peine à distinguer, du parterre aux
loges, un homme mis en rouge d'avec
celui habillé en bleu.... J'ai long-temps
cherché, sur cette même affiche, le nom
de la blanchisseuse chargée du soin des
chemises, tuniques et jupons ; mais je
ne l'ai jamais trouvée ;.... cela n'est pas
étonnant, on y jouoit toujours en linge
sale.

Passions.

Les passions nous rendent malheureux
tant qu'elles nous commandent ; mais elles
servent à notre bonheur au moment où
nous en devenons les maîtres, et que nous
pouvons les diriger à volonté, et en faire
l'application à notre conduite dans le
monde, suivant nos goûts.

Vouloir ôter les passions à l'espèce

10

humaine, c'est vouloir faire de l'homme un automate.

Un être sans passions n'est qu'une machine organisée.

Les passions sont à l'esprit ce que le mouvement est à la musique.

L'homme ne combat jamais contre une passion, qu'au moment où il est déjà vaincu par elle : ce combat diffère de celui que nous livre le cochemard, en ce qu'il faut le réveil des sens pour le faire cesser, tandis qu'il n'y a que leur engourdissement qui nous préserve des passions ; ce sont des ennemis dont on triomphe beaucoup mieux par la fuite que par la résistance.

Peuple des coulisses.

Ce peuple mourroit d'intrigue, s'il ne vivoit de jalousie..... Il est aussi orgueilleux sous l'habit du rustre qu'il représente quelquefois, que lorsqu'il est couvert de la mante pourprée dont se paroient les rois de Tyr.

Telle comédienne sait qu'on doit lui

ouvrir les deux battans quand elle va rendre visite à M. l'ambassadeur , et oublie souvent qu'elle ne doit pas entrer sur le théâtre par la coulisse qui repré- sente la cheminée.

M. Quinquet est le soleil du pays que ce peuple habite : Madame Vermillon y remplace notre Hébé ; les rôles appris y tiennent lieu d'Apollon , et le souffleur en est la Mnémosyne !

On a fait mille et un voyages pour voir des choses extraordinaires et trouver des aventures : que ne faisoit-on le tour des coulisses de l'Opéra !

Philosophie du bonheur.

Tant qu'une femme aimoit *Chrisnen* de bonne foi , que sa simplicité égaloit son amour , il la chérissoit , mettoit son étude à lui plaire , et son bonheur à la chérir ; mais dès qu'il s'apercevoit d'une infidélité , suggérée par l'ingratitude ou un sentiment affoibli , il annulloit ses ser- mens avec une fermeté de caractère que rien ne pouvoit ébranler. — Je regarde une femme, disoit-il, comme une coupe de cristal, dans laquelle on ne doit me verser que des liqueurs enivrantes : si j'y savoure le nectar, j'en ai le plus grand soin ; c'est un bijou que je conserve précieusement ; mais quand on ne m'offre plus que des poisons dans cette coupe, je la brise à l'instant, et je me préserve du mal en évitant le danger. Telle est aussi la conduite que je tiens à l'égard des belles ; je romps les liens qui m'attachent à la volage, et qui causeroient mes tourmens, tandis que j'ajoute, chaque jour, une fleur à la chaîne fortunée qui me retient près d'une douce amie, afin de la rendre plus durable.

Philosophie.

C'est le titre que chacun donne au systême moral de sa conduite; de manière que la philosophie différencie par-tout : c'est par philosophie qu'un prodigue mange son avoir, en faisant servir sa table à la manière des Lucullus et des Beaujons ; c'est encore par philosophie que cet autre se prive de tout pour amasser, et vit aussi sobrement que Diogène ou nos rentiers..... Je pourrois dire aussi que j'aime ROSE , parce que c'est ma philosophie ; mais, comme je ne veux point abuser des mots, ni en imposer, j'avoue que je l'aime par instinct, ou plutôt que l'amour qu'elle m'inspire fait partie de mon être, et que ce sentiment gouverne mon cœur, et le vivifie aussi bien que mon sang.

Si philosophie veut dire *amour de la sagesse*, comme l'ont avancé les érudits, la sagesse a plus d'amoureux que d'amans.

Salomon est le seul homme qui, je crois, a été le plus philosophe : sa maxime me le prouve. *Il n'est rien de bon sur la terre que de vivre en paix avec une amie, et de se réjouir dans ses œuvres.....* Quelle profonde sagesse !..... Cependant *Sterne* et *Raynal* ont été plus heureux que lui : ils ont su toucher le cœur d'*Elisa-Draper*, qui ressentoit l'amour comme *Sapho* , avoit autant de grâces que *Ninon de Lenclos*, et plus d'esprit que *Sainte-Thérèse*.

Pieds.

On vante ce qu'on aime le plus dans une belle ; cependant un attrait dont je raffole, et sur lequel je n'ai jamais fait de vers, est le pied ! Cela vient peut-être de ce que les poètes ne lui ont pas encore trouvé un objet de comparaison flatteur, comme on en a trouvé pour le sourcil, qu'on métamorphose, sans peine, en arc d'ébène, qui est un bois noir dont on fait des manches de cafetière. Le pied est beaucoup plus voluptueux qu'on ne se l'imagine. La peau en est ordinairement plus douce et plus blanche que celle des mains; une femme, douée d'un petit pied, doit faire un grand chemin à Cythère !

J'ai connu un homme, tellement passionné pour cette partie du corps, qu'il avoit fait peindre des pieds nuds de jeunes et jolies femmes, sur des touffes de roses, de lys, de glayeuls, de violettes et d'œillets. La vue de ces fleurs, mutilées par la beauté, aiguillonnait l'imagination, et les idées venoient en foule. Cette galerie de tableaux étoit plus séduisante que les vierges martyres, dont les Raphaël et les Rubens ont embelli le Vatican.

Ce même amateur, pour satisfaire plus facilement son goût, s'est, depuis, établi cordonnier pour femme; à chaque instant il jouit du plaisir de voir et de tenir de jolis pieds. Comme sa boutique est bien décorée, il ne reçoit que les petites maitresses, auxquelles il ne prend seulement que la mesure, laissant à ses ouvriers, qui lui sont même onéreux, le soin de confectionner le soulier; chaque soir, il remercie les dieux, et bénit sa destinée, d'avoir eu entre ses mains l'objet de son culte.... Il s'endort en pensant aux pieds... Il rêve qu'il voit de jolis petits pieds, et lorsqu'il se réveille, il croit voir un coup de pied dans les premiers rayons de l'aurore.

Pincettes.

C'est l'instrument des paresseux ! Il me

semble les voir au coin de l'âtre tisonner, plutôt que de prendre un livre..... Malheureux ! le temps fuit, vos pincettes ne peuvent le saisir ; hâtez-vous donc de vous rendre utiles à la société, car elle ne doit rien à celui qui ne sait que détourner une bûche.... pas même une paire de pincettes !

Planches.

C'est sur les planches d'un théâtre qu'une débutante s'expose aux regards et au jugement du public.... Elle seroit quelquefois beaucoup plus ferme sur les sables mouvans des déserts de l'Arabie, car un coup de sifflet peut la renverser sur le parquet, comme un ouragan sur un banc de sables, et les tempêtes du ciel sont moins fréquentes que la mauvaise humeur du public.....

Qu'elle doit être étonnée, cette femme qui a mollement appris son rôle, le soir, sur l'édredon de son coucher, parfumé à la rose, en n'écoutant que les vers de ses adorateurs, qui la comparent à Thalie et Melpomène, de venir échouer sur les planches, en y respirant l'air méphitique des quinquets, au bruit des huées de tous les clercs qu'elle a dédaignés.... O planches!...

Poètes de sociétés.

Oh! les insipides personnages!... auteurs ignorans d'opuscules ignorés; ils se croient du mérite, parce qu'ils brillent dans leur cercle comme un ver luisant dans une cave.... Ils croient leurs fades écrits supportables, parce qu'ils ont été supportés du cousin et de la cousine qu'ils encensoient.... leur orgueilleuse modestie réveilleroit mon courroux, si elle ne faisoit naître ma pitié. Ils n'ont vu les Muses qu'au cabaret, et Apollon à la guinguette. Placés entre les hommes de lettres et le reste de la société, ils ont tous les ridicules des écrivains et la lourde ignorance des parvenus, qui leur croient du talent, parce qu'ils leur voient de l'appétit.

Si je faisois jamais un traité *des prétentions*, je ne copierois que les habitudes de ces messieurs.

11

Porte-feuille.

Ceux des banquiers sont les déposi-
taires de la fortune publique ; ceux des
ministres, le sont des secrets de l'état ;
ceux des citoyens, de leur carte de sûreté.
Le mien contient les lettres de ROSE.....
Ah ! le mien m'est plus précieux que tous
les autres.

Quand un auteur, membre d'un lycée,
me menace d'ouvrir son porte-feuille, je
me sauve de même que si on ouvroit une
étable..... Pouac !.....

Promenade.

C'est une revue critique ! ou plutôt c'est
un sallon champêtre, où l'on se rend sans
se connoître, où l'on se connoît sans se
parler, et où l'on se parle sans se rien
dire.

La promenade est un exercice moins
propice à la santé que nuisible à la toilette.
On se pare pour aller aux Thuileries,
aux Champs-Élysées, au Petit-Coblentz,
quoique les flots de poussière pénètrent les

gazes et les linons ; et, lorsqu'on rentre chez soi, il seroit difficile de savoir ce qui a le plus souffert, de nos habits ou de nos manières ; les uns salis par la poussière, et les autres tournés en ridicule par des gens plus ridicules encore.

Propreté.

La propreté rapproche autant la laideur de la beauté, que la beauté, non propre, rapproche de la laideur. Ainsi, un petit laidron, avec des soins, peut balancer les charmes d'une belle femme qui se néglige, et lui être souvent préférée.

La volupté n'existe pas plus sans la propreté, qu'une couleur sans un corps.

Providence.

Un poète, en 17.., avoit fait imprimer ses vers et poésies fugitives, afin d'obtenir d'un libraire quelqu'argent pour s'acheter une redingotte, dont il avoit grand besoin, ce qui lui avoit donné l'idée d'intituler son recueil : *La Providence*..... Un bel esprit de province, qui trouvoit plus commode d'avoir de l'esprit fait que de l'imagination, y puisoit abondamment ; et lorsque ceux qui le connoissoient parfaitement lui demandoient comment il faisoit pour avoir de l'esprit, il leur répondoit, tout bonnement : *La Providence y pourvoie....*

J'ai vu une jeune paysanne qui croyoit que la providence étoit un homme en mante bleue, avec une longue barbe, qui jetoit du bled sur un guéret, parce qu'elle l'avoit vu représenter ainsi sur mille et une enseignes, telle que celle du cit. *Versepuy*, au coin des rues Faydeau et des Colonnes.

Pudeur.

Presque tous les poètes ont avancé, dans leurs romances, que c'étoit *le fard de la beauté ;* et dans leurs chansons, ils ont dit, *qu'une beauté étoit toujours sans fard.* On voit que sous le mouvement *adagio*, la définition n'est plus la même que sous le rithme en *allegretto....* Eh bien ! les poètes ne sont pas plus conséquens que cela !

Une femme, pendant le carnaval, déguisoit une de ses voisines en Ingénuité, et lui disoit en l'habillant : donnez-vous un peu plus de pudeur..... Assurément cette femme n'avoit jamais eu la moindre idée de ce don céleste, qui est l'apanage des vierges, qu'on ne possède qu'en l'ignorant; don qui rapproche la femme des déesses, autant que le génie et la bienfaisance rapprochent l'homme des Dieux.

Une vierge sans pudeur, seroit comme une rose inodore.

La pudeur est aux femmes, ce que la volupté est à l'amour.

Oh! qu'une grosse femme, en casaquin, à la voix haute, au propos libre, ne pense pas avoir de la pudeur, parce qu'elle aura empaqueté ses robustes appas sous des toiles d'un tissu serré..... Les couvrir, ce n'est que les cacher à mes yeux..... Mais le *sentiment de retenue*, mais *l'aimable ignorance* sont les voiles où s'arrête le télescope de nos desirs..... La nudité n'est pas l'indécence, comme les cordons qui tiennent les étoffes croisées ne sont pas la Pudeur : elle est la fille aînée de la Vérité, et, comme sa mère, dépouillée de prestiges ; elle peut se montrer nue, et être toujours aimée et respectée, parce qu'elle n'aura pas cessé d'être aimable et respectable.

Questions.

1°. Lise porte un bouquet de roses à son sein ; elle se trouve placée entre Lucas et Blaise ; elle prend le bouquet de violette que Lucas porte à sa boutonnière, le met dans son corset, et donne à Blaise le bouquet de roses qui y étoit : lequel des deux est le plus favorisé ?

2°. Y a-t-il plus de mérite, lorsqu'on se trouve en société, de faire briller son esprit aux dépens des autres, que de mettre les autres à même de développer le leur, en leur en faisant naître l'occasion ?

3°. Une femme, aussi honnête qu'amoureuse, aimant autant ses devoirs que son amant, doit-elle lui pardonner plus aisément une petite infidélité qu'une grande indiscrétion ?

Quinze à seize ans.

Je ne me rappelle pas d'avoir jamais vu une fille de quinze à seize ans qui n'ait eu le don de plaire : quand elles n'ont que la fraîcheur de cet âge pour attrait, on appelle cela *la beauté du diable !*..... J'avoue que le diable n'est pas si mal partagé, et que j'ai souvent envié ses succès..... Ah ! donnez-moi toutes les beautés du diable, et je renoncerai sans peine aux houris de Mahomet, car l'orgueil de les instruire est un plaisir qui flatte l'imagination, et leur sentiment de reconnoissance vaut bien la volupté que nous offrent les nymphes de vingt ans ; car, si jeune encore, *jouir c'est aimer ;* la fille a'ors aime l'amant dans l'amour, tandis que bientôt, mieux instruite, elle oubliera l'amant pour l'amour.

Raison.

Système décoré d'un nom sage, mais

qui n'en est pas moins une folie , dont les accès sont réguliers , et calculés sur des causes. La raison n'est qu'une extravagance stationnaire !

L'homme qui a sans cesse raison en société, est un être insupportable ; celui qui a raison en amour , est presque toujours le plus malheureux ; en politique, la raison ne sert à rien , puisque la ruse et la force lui sont bien supérieures : la raison des bayonnettes range beaucoup plus de partisans sous ses drapeaux , que celle de la philosophie sous ses bannières.

La raison est à la morale, ce que sont les glaces aux pôles terrestres : elles les refroidissent, sans les rendre plus praticables.

La raison n'est forte que par la vérité ; ôtez-en la vérité , et bientôt elle ne sera plus qu'un préjugé chimérique.

La raison est une lanterne, la vérité est la lumière qui la fait briller :..... éteignez la lumière , et vous serez dans les ténèbres , malgré la lanterne : il en sera de même d'une raison , quand vous en aurez retiré la vérité.

République d'Utopie.

C'étoit un bon homme que ce Thomas Mo us, qui inventa la république d'Utopie, où les hommes étoient bons, parce qu'il les avoit formés d'après son cœur..... S'il y avoit encore une terre féconde comme l'île Calypso, je voudrois l'habiter avec les nymphes; j'y jouirois de la liberté, de l'égalité et des droits de l'homme..... Mais si cette île étoit peuplée de poètes, je me sauverois plutôt à la nage que d'y rester, car de toutes les républiques, c'est celle des lettres où l'on s'entend le moins.

Réves.

Une bonne femme réve de *nourrice :* elle va voir, sur le livre de songes, quel est le numéro que celui-ci indique à la loterie, et sur la foi de *Thot* ou de *Cagliostro,* elle y met tout son avoir sur le 68; et le 89 sort de la roue de fortune. Ah! si j'avois aussi bien rêvé *brouillard épais,* s'écrie-t-elle, je gagnois un extrait. — *Brouillard épais* indiquoit le n°. 89.

Ceux qui croient à la *cabale* , règlent leurs actions de la journée sur les rêves qu'ils ont fait la nuit ; mais beaucoup de *cabaleurs* , contre la légitime autorité, ne font d'affreux rêves pendant la nuit que d'après l'agitation où le crime les a mis durant le jour.

Un rêve éternel ressembleroit autant à la vérité, qu'un poltron à un brave , si tous deux étoient peints sous le heaume; il faudroit les découvrir pour les reconnoître.

Je rêvois une nuit que j'étois empereur de la Chine , sur un trône environné de gloire , aimé de mes sujets , craint de mes voisins, et encensé par tous les poètes de mes états, quand , tout-à-coup, un fiacre vint me réveiller en heurtant une borne dans la rue , et me ravit ainsi ma grandeur..... Aussitôt je pris le portrait de Rose entre mes mains, et j'oubliai, avec volupté , ce songe qui m'avoit tant flatté.

Rime.

Le citoyen *Pain*, qui travaille à un ba,

é , bi , bo , bu , après avoir analysé tous
es diphtongues et les syllabes des mots
le notre langue, a trouvé qu'il existe 885
ons rimant à l'œil, et seulement 84 qui
iment à l'oreille sans rimer à l'œil.

Sans la rime et la mesure, les ouvrages
n vers, de cette année, seroient des
oëmes..... Cette omission n'est pas éton-
ante, on a bien oublié l'esprit et la
aison dans ceux en prose.

J'ai vu, sur nos boulevards, représenter des pièces, dans lesquelles les auteurs
faisoient rimer *flanelle* et *capitaine*, *arbre*
et *caraffe*, *triomphe* et *plonge* ; ainsi que
des pluriels avec des singuliers, parce que
les acteurs, chargés du soin de recevoir un
vaudeville, ignorent les règles de l'art
poétique ; ils n'examinent la rime que par
l'oreille, ce qui fait qu'ils jugent toujours
d'une pièce en grand. Il y auroit bien un
moyen d'obvier à cet abus, ce seroit de
comparer la fin des vers entr'eux, et de
voir si les trois dernières lettres sont les
mêmes ; mais ce qui empêche d'user de
cette vérification, qui ne seroit que trop

nécessaire, c'est que beaucoup de leurs auteurs, ne sachant pas l'orthographe, terminent *loterie* comme *esprit*, avec un *t*. Au demeurant, il importe peu au directeur de tel ou tel spectacle que son répertoire soit riche en rime, il se désole bien davantage de savoir qu'il est pauvre en costumes.

La rime et la raison devroient être unies entr'elles, comme la femme et l'homme dans le ménage; en effet, rien ne se ressemble plus.

La rime, comme la femme, cherche à plaire aux yeux.

La raison, comme l'homme, tend à plaire au cœur.

La rime doit obéir à la raison.

La femme doit être soumise à son mari.

La rime ne doit pas briller aux dépens de la raison.

La femme ne doit point briller en ruinant son mari.

La rime doit rester à sa place.

La femme ne doit pas sortir de son ménage.

La rime ne doit point se séparer de ses
mogènes.

La femme ne doit pas quitter sa fa-
ille.

La rime a souvent fait le succès d'un
vrage.

La femme a souvent enrichi son ménage.

La rime répète deux fois le même son.

La femme redit au moins deux fois la
ême chose.

Il y a cependant une très grande diffé-
nce entr'elles , c'est qu'on voit souvent
s rimes muettes , et qu'on n'en a pas
core trouvé parmi les femmes.

O femmes ! je ne cherche point à vous
taquer par ce reproche : forcées , par
tre constitution, d'élever notre enfance,
ui nous apprendroit à articuler les pre-
iers sons , à prononcer les premières
llabes, enfin à dire les premiers mots , si
tre indulgente bonté ne nous les appre-
oient en nous les répétant sans cesse ?
est votre langue qui fait naître les idées
ux enfans, en leur faisant retenir le nom
es choses que vous leur nommez..... La

cocotte, le *nanan*, le *dada*, leur enseigne par la suite à exprimer la *poule*, le *biscuit*, le *cheval*, et peut-être que sans le babil d'une vieille bonne, *Rousseau* n'eût jamais appris à penser. L'habitude de parler, loin d'être un défaut chez vous, est une qualité précieuse ; c'est un don de la nature ; vous êtes nos premières institutrices, et votre *dodo*, *l'enfant dormira bientôt*, nous est plus utile que toutes les logiques réunies.....

Mais la raison m'égare, et je ne puis mieux revenir sur la rime, sans cesser d'être d'accord avec elle, qu'en citant ce joli couplet du citoyen *Dieu-la-Foi*.

Air : *Quand l'auteur de la nature.*

A l'escrime
De la *rime*,
Rarement,
Clairement,
On s'exprime ;
La pensée
Tracassée,
Pour tout fruit
Ne produit
Qu'un vain bruit.

C'est l'enfant de la nature
    Qu'affadit,
    Qu'enlaidit
    La parure :
    Moins ornée,
    Moins bornée,
    Elle atteint
Le vrai mot qui la peint.

    Jeune Muse
    Qu'on abuse
    A ce jeu,
Vois si *Chaulieu*
    S'amuse :
    Il immole
    L'art frivole
    De rimer
A celui de charmer.

    Oui la grace,
    Quoi qu'il fasse,
    D'un régent
    Exigeant
    Fuit la trace ;
    Ta Minerve,
    Qui s'énerve,
    Perd bientôt
    Sa verve,
    Pour un mot.

Son postiche
Qui n'est riche
Qu'aux dépens de la raison qu'il triche ;
Il éveille
Mon oreille ;
Mais l'esprit
Ne sourit
Qu'à l'esprit.

Romans.

C'est dans les romans que nos jeunes demoiselles apprennent quel est le pouvoir des passions. C'est dans ce genre d'ouvrage que la fille ingénue se peint les traits du vainqueur qu'elle attend, et comme le portrait est embelli par l'imagination, qui crée mieux que la nature, elle ne le rencontre point dans le monde ; de là naissent ses dégoûts, ses ennuis et la répugnance pour le parti que ses parens lui proposent..... Elle cherche, mais inutilement, le beau chevalier dont elle a lu les aventures ; et si elle donne sa main au bourgeois de la rue Saint-Denis, qui lui apporte son magasin en présent de noces, c'est à regret ; elle pleure encore la perte imaginaire du héros qu'elle n'a connu que dans le volume d'abonnement à trente sous par mois. Elle se croit une princesse persécutée par un mauvais génie; elle prend son comptoir pour une prison, et son mari pour un tyran. Si un amant téméraire sait profiter du trouble de sa raison, il la persuadera facilement qu'elle doit fuir cet horrible séjour ; elle verra en lui un héros issu du sang des dieux, quoique ce ne soit qu'un commis de la douane, s'oubliera dans ses bras, s'évanouira à l'exemple de... de... de... et de... Le galant profitera de la circonstance, et le roman aura tout fait.

Ces livres conduisent insensiblement à la dépravation par des sentiers ornés de fleurs ; en effet, comment se méfier de l'écrivain qui parle en même temps vertu à l'esprit et amour au cœur; il n'y a que l'expérience qui apprenne qu'après leur lecture, le cœur reste plein de tendres souvenirs, tandis que notre esprit ne garde pas la moindre mémoire de la moralité.

12

Lire des romans, c'est alimenter l'esprit aux dépens du cœur.

C'est donner à la chimère le temps qui appartient au bonheur.

C'est chercher l'amour dans le pays des ombres.

C'est apprendre à desirer sans jouir ; c'est éprouver le sort de Tantale.

C'est enlaidir tout ce qui nous approche.

Jeunes filles qui voulez des intrigues, venez, le soir, au bois cueillir la noisette avec moi, voilà le plus beau chapitre de roman qui puisse exister pour vous ; je ne vous parlerai point de la tour de l'Ouest, de la Caverne Infernale, ni du Perthuis périlleux ; je ne me donnerai pas pour l'Homme Verd, le Chevalier Noir ou le Menestrel Jaune ; je ne vous prendrai pas non plus pour la Princesse de Babylonne, la None Sanglante, ou la Fille Mandiante, mais en nous quittant, nous serons satisfaits l'un de l'autre.

Rose.

C'est la reine des fleurs ! c'est l'épouse

de la nature ! c'est la femme végétale !....
c'est l'emblême d'une belle, depuis sa
naissance jusqu'à sa mort.

Une femme à vingt-cinq ans est la rose
épanouie.

La rose nous offre des attraits et des
épines ; la femme nous présente des charmes et des rigueurs.

Leurs beautés sont passagères ; je l'ai
exprimé dans une de mes romances, dans
laquelle j'ai tâché de peindre les âges de
la femme, en en faisant l'application aux
périodes de la fleur. La voici :

Air : *Vous me plaignez, ma tendre amie.*

Je te cultive et te vois naître,
Bouton de rose, aimable fleur !
Long-temps, crois-moi, tarde à paroître,
Ménage un éclat enchanteur.
Déjà le soleil te colore,
Bientôt tu vas parer nos champs....
En ce jour tu m'offres encore
L'image d'Adèle à dix ans.

Toujours on voit l'humble verdure
S'enorgueillir de ta couleur ;

Du zéphir l'haleine est plus pure
Quand tu répands ta douce odeur.
Sur ton feuillage la rosée
Ajoute à tes attraits naissans ;
Des pleurs de l'aurore arrosée
Tu m'offres Adèle à quinze ans.

Soit par caprice ou par sagesse,
Souvent tu ris du dieu malin ;
Malheur à qui, dans son ivresse,
Sur tes charmes porte la main.
A l'indiscret qui veut te prendre
L'épine cause des tourmens....
Adèle aussi sut se défendre,
Et fut ton image à vingt ans.

Zéphir baise ta fleur éclose,
L'abeille y butine à son tour....
Tout près de toi, charmante rose,
Tout parle et respire l'amour.
Lorsque sur ta tige fleurie
Tu règnes sur les fleurs des champs,
Ta beauté, rose épanouie,
Retrace Adèle à vingt-cinq ans.

Le matin, heureux qui te cueille
Et te mêle dans ses bouquets ;
Car le soir, tombant feuille à feuille,
Tu perds ta fraîcheur, tes attraits ;

Ton existence est une aurore
Qui fuit du jour les feux brûlans ;
Tu meurs quand Adèle est encore
Dans les beaux jours de son printemps.

Rose (*Mademoiselle*).

C'est l'..........! Ses attraits ont séduit mes yeux ; ses talens ont flatté mon esprit ; mais ses vertus seules ont touché mon cœur.

Rosières.

Filles couronnées de roses pour en avoir défendu le bouton. Leurs fêtes, instituées afin de mainten'r les mœurs, n'ont pas toujours préservé les jeunes filles des piéges que leur tendoit l'amour. Avoient-elles commis la plus légère démarche, et étoient-elles persuadées que pour une petite inconséquence elles ne seroient point portées sur la liste virginale, il n'y avoit plus de retenue à garder. Voyoit-on élire celle qu'on savoit être moins pure que soi, le dépit agitoit le cœur, et on se vengeoit des hommes en couronnant leurs tendres folies. — Toute femme veut briller, et celle qui avoit vu s'échapper la couronne de roses de son front de vestale, s'en dédommageoit en l'ombrageant des dentelles d'un séducteur.

Des vieillards prononçoient sur la sagesse des filles du hameau; mais *Colin* et *Tircis* rioient de leurs arrêts, et connoissoient la question mieux qu'eux.

C'est l'extravagance la plus complète que de vouloir juger d'une cause qu'on ne peut connoître: la sagesse d'une fille ne consiste pas dans une réserve et une méfiance continuelles des hommes, mais bien dans la pureté de son cœur; mais comme son cœur doit être trop éloigné des hommes pour en être connu, et que le cœur d'une fille perd de sa pureté à mesure qu'il se rapproche du monde, il faut en conclure que le cœur le plus sage, devant être le plus ignoré, les juges ont souvent été induits en erreur, ne pouvant pas distinguer l'indifférence, la froideur, les goûts bizarres d'avec la sagesse, et peut-être leurs bouches ont-elles condamné de vertueuses *Héloïses* en faveur d'indignes *Saphos*.

A la suite de cette cérémonie , un seigneur dotoit de jeunes filles ; riches de leurs attraits , qu'avoient-elles besoin d'argent ? Le bon sens dit , au contraire, qu'on auroit dû payer pour trouver des maris aux vieilles.

Roulette.

Servière l'a fort bien dépeint dans le couplet suivant. Nous le rapportons ici en invitant ceux qui n'ont pas vu ce jeu de s'en tenir à cette simple théorie , qui pourra peut-être les faire rire , tandis que sa pratique les exposeroit à verser des larmes.

Air : *Monseigneur d'Orléans.*

La roulette est un jeu
En vogue depuis peu ,
Sachant combiner
On peut y gagner.
D'abord sur un grand tapis verd ,
Qui toujours d'argent est couvert ,

On voit trente-six numéros
Brodés en signes assez gros,
Desquels numéros amalgamés
Trois rangs se trouvent formés.
　　Puis autour de cela
　　On voit par-ci, par-là,
　　　D'autres carrés
　　　Exprès préparés :
　　L'un est la chance *pair*,
　　L'autre la chance *impair*.
Passe, manque, rouge et *noir,*
Tour-à-tour comblent notre espoir.
Un cylindre formant le rond,
Dans lequel les numéros sont,
Tourne et fait tourner quelque temps
La bille qu'on lance dedans.
Alors sur l'un des numéros
La bille fixant son repos,
Décide le sort des joueurs :
L'un est joyeux, l'autre est en pleurs,
　　　Et cetera.
　　　Vous voilà,
　　　Ma foi,
Presqu'aussi savant que moi.

Ruban.

Petit tissu de soie, qui a plus de puissance qu'on ne sauroit dire ; c'est lui

qui orne le bonnet des belles, qui noue
les tabliers de gaze, les colerettes et autres
atours à la mode; aussi nos femmes raf-
folent-elles de rubans. *Bernard Valville*
me disoit, un jour, qu'une femme coquette, et presque toutes les femmes,
aimeroient mieux faire le sacrifice d'un
sentiment que d'un ruban..... Ah! que de
puissance dans ce simple ornement!...

Amant heureux, embrassez votre maitresse quand vous la rencontrerez, mais
prenez bien garde de déranger les rubans
de sa toilette, autrement elle vous bou-
deroit toute la journée, et le plaisir qu'elle
auroit reçu ne pourroit pas compenser la
contrariété qu'elle auroit éprouvée de
savoir un de ses rubans froissé ou changé
de place, car elle a calculé à quelle
distance il doit retomber sur l'œil ou
derrière l'oreille, avant même d'avoir
appris à coudre, et elle croit qu'il est
plus important au bonheur de l'humanité
de n'y rien changer, qu'il ne l'est à un
diplomate de régler la balance de l'Europe.....

13

Que lui importe que les rois lèvent de puissantes armées pour envahir un foible état, si ses rubans sont placés avec goût, si de leurs couleurs sympatisent avec le blond de ses cheveux ; car elle est persuadée que c'est dans tous ces petits arrangemens que réside le secret de plaire....... Hé ! malgré les cris des philosophes qui se sont élevés mille et mille fois contre le luxe effrené de nos femmes, elles ont encore deviné notre arrière-pensée, puisqu'elles savent nous soumettre avec des rubans, contre lesquels les maris ne déclament que parce qu'ils leur coûtent beaucoup d'argent, et sans lesquels ils les trouveroient moins belles.

O femmes ! vous avez raison ; parez-vous en dépit de notre critique ; nos yeux, en vous admirant, ont toujours démenti notre bouche, qui vous condamnoit..... Parez-vous, la parure ajoute aux charmes des plus belles, et chez d'autres supplée aux attraits.

Rue.

C'est avec la couleur de la boue qu'on doit peindre les rues, disoit *Aude* lorsqu'il faisoit ses *Cadets-Roussels*.

Les rues seroient, à Paris, des promenades assez agréables sans la dureté des pavés, le débordement des ruisseaux, le danger des cabriolets, le nombre des voitures, les gros chiens, les chevaux, les aveugles, les charrettes et les charlatans qui font faire foule....... Eh bien ! qui croiroit que malgré ces inconvéniens, on y rencontre souvent des femmes mises comme des princesses, qui ont trouvé le secret de ne point se croter, en ne marchant que sur la pointe du pied.

C'est sur la rue que la jeune fille de boutique vient prendre l'air le soir, attendu qu'il est suspect d'aller à certaines promenades. C'est dans ce rendez-vous public que vient roder le mirliflore qui veut lui conter fleurette..... Il cherche à l'entraîner du côté de l'allée..... L'allée est pour eux, ce que le plus sombre des bois est pour les

habitans du hâmeau..... Que de choses se
sont passées au fond d'une allée !... Dam!
tout le monde n'a pas un boudoir , et
l'amour fait ressentir ses feux aussi puis-
samment sous le toît de nos maisons bourgeoises, que dans ces palais magnifiques,
étincelans d'or et de pierreries , ou sous
les berceaux de verdure.

Rue Saint-Denis.

C'est l'asyle de l'antique honneur.
Voyez ce père de famille, dont l'enseigne
de la bonne foi a été posée par son tri-
sayeul ; elle a vielli, son bois est enfumé,
ses couleurs sont ternies , ses lettres en
or sont effacées, tout atteste la puissance
destructive du temps ; mais la loyauté du
marchand n'a jamais été altérée , nulle
révolution n'a pu porter atteinte à sa
parole ; l'or coule de ses mains quand sa
bouche l'a promis, il n'a pas besoin,
pour cela, de vénales écritures sur un
papier authentique ; quand il sait qu'il
doit , sa religion est de payer. Il aime
les ouvriers de ses fabriques comme ses

enfans ; la pratique des vertus est sa morale ; sa femme est une bonne ména-gère ; sa fille est un peu gauche , mais elle est sage : elle ne possède pas les arts d'agrément , mais elle en sait assez pour rendre un époux heureux. Sa physionomie n'a point cet abandon voluptueux des femmes du grand monde , mais ses joues sont vermeilles comme deux pommes d'apis ; elle est grasse et fraîche ; sa santé excite sa gaîté , et sa gaîté chasse les migraines. Sa mère est sa meilleure amie; sa tante et sa cousine forment sa société, et quoiqu'elle en parle souvent , elle n'en médit jamais. Elle leur brode quelquefois des manchettes , quand elle n'est point occupée au comptoir ; c'est un bouquet pour le jour de leur fête , où elle met sa belle robe de mousseline , car elle ne porte qu'un déshabillé d'indienne toute la se-maine ; cette fille n'est point coquette , et cependant elle plaît , parce qu'on l'aime plus pour ses bonnes qualités que pour ses grâces. Sa vie est calme , parce qu'elle n'est point tyrannisée par les passions ; ses

plaisirs sont purs , parce qu'ils sont inno-
cens , et elle est respectée de tout le
quartier , parce qu'elle s'est rendue respectable..... Cette femme , que je vante,
me paroîtroit un trésor , si je n'aimois pas
tant les minauderies de ROSE.

Sac.

Aussitôt que nos femmes remplacèrent
leurs poches par l'usage d'un sac , de
mauvais critiques leur ont donné leur
paquet.

Je ne sais ce qui a fait appeler les sacs
Ridicules ; le journal des Modes , qui
auroit dû faire autorité sur cette matière ,
vouloit que le véritable nom fut *Rédicule;*
il avoit , pour le prouver , remonté érudi-
quement jusqu'aux modes du temps de
François Ier. ; mais la corruption pré-
valut, et le mot *Rédicule* resta dans l'oubli,
malgré les commentateurs *Sellèque* et
Lamesangère , dont les soins prévenans
vouloient sans doute , en ôtant le mot
Ridicule de la nomenclature des atours ,
en sauver l'application au beau sexe.

Quoi qu'il en soit, des chansonniers, qui n'avoient point la délicatesse des Troubadours, trouvèrent plaisant d'en faire *une queue de couplets*, et on entendit mille refreins, plus ridicules que le Ridicule lui-même.

Ces petits sacs, qui prirent tour à tour plusieurs formes; carrées, rondes, octogones, etc., servoient à mettre le mouchoir, la lorgnette, l'argent, l'ariette du jour..... *La chanson du Bastringue* s'est trouvée dans ceux des femmes de nos fournisseurs; et l'on a vu des parvenues, après avoir soupé en ville, rapporter des cuisses de poulets dans le leur.

On les enjoliva de chiffres et de glands; ce fut alors qu'ils donnèrent sujet à des calembourgs; car nos jeunes gens ne veulent pas se défaire de ce pitoyable genre. On disoit à une femme : Votre Ridicule est *sans glands ;* c'est que je l'ai porté ce matin à la boucherie, reprenoit-elle en cherchant où pouvoit être la tache.

Sagesse.

Chez les femmes, on la confond souvent avec la vertu ; cependant j'y vois de grandes différences. Une femme qui défend son cœur des atteintes de l'amour ou des attraits du plaisir, passe pour une femme sage, eût-elle un caractère acariâtre, une avarice sordide, et une langue de serpent..... Mais, dira-t-on qu'elle est vertueuse ? Non, elle n'est que sage ; tandis que *Ninon de Lenclos*, qui ne fût jamais sage, ne cessa pas un seul instant de sa vie d'être vertueuse. La vertu est une perfection puisée dans la nature ; la sagesse est une convention de notre contrat social.

Une fille est sage, à Paris, en réservant sa virginité à son époux, tandis qu'au royaume d'Astracan et aux îles Philippines, un homme se croiroit déshonoré s'il épousoit une vierge ; dans la province du Thibet, les mères cherchent des étrangers pour mettre leurs filles en état de trouver des maris ; à Madagascar, les filles les plus dissolues sont les seules dont on recherche l'alliance ; et le roi de Calicut n'admet sa fiancée à sa couche qu'après qu'elle est sortie de celle de son grand aumônier. De l'autre côté des mers, la sagesse n'est donc plus la même, et à deux mille lieues de distance, les mœurs des nations sont tout-à-fait opposées : l'une d'elle a-t-elle pour cela perdu sa morale? Si on prononce l'affirmative, un philosophe répondra que la vertu est immuable chez tous les peuples, parce que c'est une émanation divine; mais que la sagesse éprouve des variantes suivant le sol et la religion, parce que c'est une institution humaine. Les décrets célestes ne s'altèrent pas, tandis que la loi des législateurs varie sans cesse.

Sans-culottes.

C'est ainsi qu'un député à l'assemblée législative appela, par mépris, les habitans du faubourg Saint-Antoine ; mais ceux-ci s'empressèrent d'en rire, et afin de prouver qu'ils savoient fronder l'opinion d'un homme, ils s'intitulèrent *Sans-culottes* ; cependant beaucoup d'entr'eux trouvèrent bientôt le secret d'en avoir, même de velours.

On proposa de nommer les jours complémentaires, les fêtes *Sans-culottides*, c'est-à-dire, des jours sans culottes..... Que de poètes dont c'eût été la fête !

Anacharsis Clootz disoit un jour, à la Convention nationale, que son ame étoit républicaine, et son cœur sans-culotte.... Vous figurez-vous un cœur sans-culotte qui est le représentant de la nation française ?.... J'aimois mieux *Mirabeau* quand il s'écrioit : *Je sens les bouillons du patriotisme*, et qu'un ouvrier, des tribunes, lui répondoit : *Eh bien ! trempez-nous la soupe.*

Clément de Dijon, si sévère sur les règles grammaticales, a dû singulièrement souffrir pendant tout ce néologisme.

Les sans-culottes ont été chantés dans des vers sans mesure, mais non pas sans hyatus. Cependant le plus joli refrein des couplets de la révolution, a été celui-ci :

« A la guerre comme en amour,
» Vivent les sans-culottes ! »

Savans.

Espèce d'homme , dont on n'a une haute idée que parce qu'on ne les voit que de loin. L'homme le plus savant sait bien peu de chose. Il n'est pas encore une science dont on ait parfaitement sondé les abîmes. Il n'y a point de sayans, il n'y a que des marchands de science. Celle où on a fait le plus de progrès depuis les Chaldéens , est l'astronomie ; mais pouvons-nous bien connoître le ciel quand nous n'avons pas encore une seule carte où soient tracées toutes les parties de la terre : malgré les soins du capitaine *Levaillant* , nous n'avons que des notices très imparfaites sur l'intérieur de l'Afrique, quoique nous n'en soyons séparés que par le détroit de Gibraltar , et *Herchell* découvre tous les jours de nouvelles étoiles. La médecine est à son berceau ; la chimie commence à naître..... Avant que son flambeau analytique dévoilât, en faveur des arts, les secrets de la nature, nos journaux des savans surabondoient de mots techniques, sans jamais offrir d'aphorismes. On n'avoit alors pas plus de mérite à rédiger ces articles, que ceux du journal des Modes, attendu qu'on concluoit sans discuter, ou qu'on péroroit sans conclure.

Voici à peu près le protocole et la manière dont travailloient ces messieurs... Qu'on juge de la difficulté de remplir une feuille !.....

« A MONSIEUR LE RÉDACTEUR.

» M. Snidendorff vient, dans son » voyage en Suède, de découvrir une » mine de zinc ; nous devions déjà à » l'activité de ce savant un traité sur les » pyrites, et c'est un nouveau tribut qu'il » vient de s'assurer à notre reconnois- » sance. Cette mine est située à deux

» degrés vingt minutes de latitude et à
» trois degrés six minutes de longitude de
» Stockolm. La matière préparée, exposée
» à un feu de 90 degrés, a été réduite
» en fusion : elle contenoit dix parties de
» magnésie, cinq de sulfate et trois d'al-
» kali ; la scorie a été peu abondante.
» On voit par ce résultat, que lorsqu'elle
» sera mieux triturée, elle pourra de-
» venir supérieure à celle qu'on tire de
» Norwège, et qu'elle offrira une branche
» de commerce très avantageuse pour cette
» contrée.

> » N...... *des académies de... de...*
> » *et de..., des sociétés de...*
> » *de... de... et de...* etc, etc, etc.

» *Nota-benè.* Si vous pouviez m'envoyer
» un petit écu, vous me feriez plaisir ».

Secret.

Il n'y a que l'amour-propre qui fasse
taire ou publier un secret.

C'est par amour-propre qu'une femme
cache son amant.

C'est par amour-propre qu'un amant publie le nom de sa maitresse.

Il seroit peut-être plus facile à trois hommes de garder une citadelle qu'un secret ; j'ai fait à ce sujet une fable, que je crois devoir rapporter ici.

LA SOURIS, LA PIE ET LA BELETTE;

FABLE.

Une souris, par des soins et des peines,
Avoit, avant la mauvaise saison,
Mis dans son trou noisettes par centaines,
 Et les meilleures du canton.
 Son trésor faisoit envie,
 Et n'ayant plus sur l'avenir
 Inquiétude ni desir,
 Elle contoit devant la pie
 Que par son zèle prévoyant,
 Elle avoit pour sa subsistance,
 En dépit de maint fainéant,
 Des noisettes en abondance.
 Quand elle eut dit, soudain
La pie alla se promener plus loin :
 Elle rencontra la belette,
 Et lui dit en l'abordant,
 Savez-vous que la noisette
 Se trouve abondamment

Chez la souris, notre voisine.
  La belette est fine ;
Et profitant de son savoir,
Elle guetta l'instant propice,
Et d'accord avec un complice,
Elle emporta le riche avoir
De la souris inconséquente.

Qui de ses trésors se vante
S'expose à semblable sort ;
Et retenez bien encor,
Craignant curieuses friponnes,
Qu'il faut se montrer discret ;
Car ce que savent trois personnes
N'est déjà plus un secret.

Secret de gagner au jeu.

Quelques gens ont prétendu avoir trouvé
le secret de gagner au jeu, parce qu'ils
avoient trouvé le moyen de ne pas jouer
comme la galerie. Leurs longues méditations, réduites en méthodes, ne leur
ont laissé que l'art de jouer en symétrie,
et la consolation de perdre systémati-
quement leur fortune.

Sein.

Sein est un mot qui rappelle l'abondance, et je suis toujours contrarié quand j'entends dire qu'un malheureux est au sein de la misère, parce que dans cette phrase, *sein* est un mot qui peint mal la situation, et que les nuances ajoutent un grand charme au discours. On voit, au contraire, ce même mot donner de l'énergie à cette locution, il est au *sein* de l'opulence. Il faudroit donc en être avare en l'écrivant, et ne l'employer, pour image, qu'en parlant de richesses.

Sensitive.

Les métaphoristes en ont fait tour-à-tour l'image de la pudeur et de l'innocence, parce qu'elle replie ses feuilles à l'approche de la main ; ils se sont trompés, elle est plutôt consacrée au bégueulisme ! Pourquoi ces petites façons, puisqu'elle finit toujours par se laisser prendre ;... ce qui ne l'empêche pas, lorsqu'on est parti, de jouer encore la vierge auprès d'un autre. Ah ! la rose est plus qu'elle la plante de la pudeur et de l'innocence ; son épine la défend sans cesse, elle ne feint pas de cacher sa tête en livrant son corps..... Pauvres humains ! vous avez toujours été dupes des apparences, et vraisemblablement vous le serez encore long-temps, quoique je prenne la peine d'écrire ces notes pour vous affranchir des préjugés qui vous rendent malheureux. Il est dans le monde des femmes timides qui jouent le même rôle que la sensitive dans nos jardins ; vous les voyez fuir ; courez après, il est un terme à leur course, et, comme la sensitive, elles s'arrêteront derrière le rideau.

Serment.

C'est, en justice, une vérité prononcée affirmativement ; en politique, c'est une promesse faite authentiquement ; mais en amour, ce n'est qu'un mouvement des lèvres qui n'a aucun rapport avec le cœur.

Favart nous l'a prouvé par ce couplet dans son *Poirier.*

Air : *Dans les Gardes Françaises.*

> « Pour un amour frivole
> Les sermens semblent faits,
> C'est un son qui s'envole
> Sur l'aîle des regrets ;
> S'aimer et se le dire,
> Voilà le sentiment...
> Le sentiment soupire,
> Et c'est là son serment ».

Pour un homme honnête , chaque parole est aussi sacrée qu'un serment ; il n'est qu'une vaine formule à celui pour qui la loi n'a pas été un frein.

Dans le court espace de la carrière lyrique que j'ai parcourue, j'ai eu occasion de parler du serment d'amour dans mes couplets ; si je l'ai apprécié à sa juste valeur , je servirai la morale et la philosophie en les citant ici :

Air : *Vaudeville de Décence.*

Henry voit la charmante Adèle ;
Et soudain il en est épris ;

Il veut que du cœur de la belle
En retour le sien soit le prix :
Il jure d'être amant fidèle,
Doux serment qu'elle fait aussi ;
Mais quand Henry ment comme Adèle,
Adèle ment autant que lui.

Air : *Il faut quitter ce que j'adore.*

Fillette ressemble à la rose,
Doux serment d'amour au zéphir ;
Près de ces beautés on s'expose
Souvent à plus d'un repentir.
De la fleur qui se décolore,
Zéphir n'apporte plus d'odeur ;
Serment trahi ne peut encore
Charmer l'oreille ni le cœur.

Air : *La comédie est un miroir.*

Ah ! si le fiel est dans ton cœur,
Que la rose soit sur ta bouche ;
Entretiens une douce erreur
Dont le charme puissant me touche :
Jure que tu m'aimes toujours,
Jure le moi d'un air bien tendre ;
Car sans croire aux sermens d'amour,
Je suis flatté de les entendre.

Sexe.

Un accoucheur, qu'on dit être habile, vient de publier un gros livre, dans lequel il prétend enseigner l'art de créer les sexes à volonté.... Si *Hervey* ou *Spallanzanni* avoient fait une telle question, les docteurs du temps auroient criés *haro*; mais si l'auteur moderne a plus de connoissances que ces deux savans; s'il peut étonner son siècle par son génie, et l'éclairer par ses lumiéres; s'il a véritablement saisi la nature sur le fait, et trouvé le secret de la génération, je le prie de ne point s'occuper encore des êtres à venir, et de rendre avant à chaque individu le sexe qui lui appartient : s'il peut y parvenir, il aura fait assez, à mes yeux, pour mériter l'honneur d'un grand nom.

Qu'il fasse quitter à cette femme les habits d'homme qu'elle a substitués à ses gazes légères; ils lui font perdre toutes les grâces de son sexe, sans lui en communiquer aucune du nôtre.

Qu'il empêche cette autre de vouloir raisonner en politique, qu'elle embrouille par ses sottes conclusions, sans que son ménage en soit moins mal gouverné. — Elle veut régler la balance de l'Europe, et disoit à quelqu'un qui lui parloit du *cabinet de la Porte*, qu'on devoit dire la *porte du cabinet !*

Qu'il rende à sa cuisine cette autre qu'un lycée proclame, pour la trente-deuxième, dixième Muse, et la quatorzième, quatrième Grâce, parce qu'elle a fait, de concert avec son teinturier, un distique que *Fardeau* auroit désavoué, attendu qu'elle fait rimer *donne* avec *pomme.*

Qu'il chasse de ces tripots littéraires toutes les sociétaires, qui se croient des *Saphos*, parce qu'elles en ont eues les égaremens.... Elles ressemblent à cet auteur qui, dans son délire, croyoit égaler *Voltaire*, parce qu'il mettoit l'orthographe de même : que son Scapel opère ce que le fouet de la satyre a vainement tenté, alors je propagerai son systême, et serai son plus chaud disciple.

Si.

C'est un monosyllabe qui s'emploie lorsqu'on met son desir à la place de ses facultés : *si j'avois un million, je ferois...* Voilà comme raisonne celui qui voudroit régir avec plus de prudence les états du roi de Maroc, que ce monarque ne le fait lui-même, et qui ne s'aperçoit seulement pas que sa servante le vole..... Je suis peut-être le plus sage des hommes, car je n'ai jamais formé qu'un souhait semblable ; c'étoit un jour qu'on racontoit devant moi l'histoire du berger *Páris*, à qui Vénus avoit prodigué ses faveurs afin d'obtenir la pomme de beauté...... Si je l'avois eue, m'écriai-je ! !.. je n'achevai pas, mais on pense bien que je n'en n'eusse pas fait des compotes.

Sifflet.

Il est le vengeur du goût bien plus que l'arme des cabaleurs..... Quand les membres d'un lycée accordent leur lyre et nous promettent de nouvelles rapsodies , je m'apprête à entendre un concert de sif-flets , mais ils les bravent :

> C'est un son qui s'envole
> Ainsi que leurs couplets.

... Ces mirmidons qui croyoient , dans leurs beaux songes , emboucher la trom-pette de la renommée , ne se sont éveillés qu'au bruit des sifflets.

On ne dort jamais pendant mes pièces , disoit P..... — Je le crois bien , lui répon-dit-on , les sifflets du parterre réveillent les loges assoupies.

Il y a beaucoup de faiseurs de projets , à Paris , mais s'il en paroît d'extrava-gans , il faut convenir en même temps qu'on en trouve de très originaux. Un homme sensible au charme de la bonne musique , étoit incommodé par la discor-dance des sifflets qui , les jours de pre-mière représentation , lui déchiroient si impitoyablement les oreilles ; il avoit pro-posé , par la voie du Journal de Paris , des sifflets organiques , dont les uns eussent imité la flûte , et les autres le basson , le cor ou le hautbois..... On auroit pu étendre cette harmonie , en les faisant correspondre dans les tons de la tierce , la quinte ou l'octave , de façon qu'on eût été dédommagé de la chûte d'un poëme , par la création fortuite d'une symphonie qui auroit bien valu les airs de walses , qu'un musicien allemand propose de nous faire composer en roulant trois dez dans un cornet , et notant les trois mesures qu'ils représenteroient ainsi , alternativement , jusqu'à ce que ce jeu ait produit les douze mesures d'une reprise.

Si ce projet de sifflets harmoniques avoit lieu , je ne craindrois plus d'assister aux premières représentations des pièces des citoyens A.. B.. C.. D.. E.. F.. G.. H.. I.. L.. M.. N.. O.. P.. Q.. R.. S.. T.. U.. et V..

Similitudes de sons.

Nos chansonniers, las du calembourg, qui, malgré le double sens, n'a pas le sens commun, feront peut-être quelque jour des couplets où la similitude des sons remplacera le comique de la pensée, car on peut essayer tous les genres ; alors ils n'oublieront pas de mettre sur un couplet de détail, l'homme qui *murmure* de voir monter sur un *mur* pour voler des *mûres* qui ne sont pas *mûres ;* ainsi que cette phrase : On n'est pas *sûr* que le vin *sur* soit *sur* la table ; et le *capucin ceint* de *cinq* cordes, qui sur son *sein* très *sain,* porte le *seing* du *saint* père.

Soleil.

J'ai déjà parlé des Irlandais ; voici encore un trait qu'on leur attribue. Un citoyen, en prenant un domestique, faisoit ses conventions avec lui, et lui disoit qu'il falloit toujours, dans sa maison, se lever avec le soleil. — Mais il y a de l'injustice dans un semblable ordre, reprit le domestique, car si le soleil alloit se lever deux heures avant le jour, il m'attraperoit beaucoup.

15

Soupe.

C'est la préface d'un dîné!... Les curieux ne lisent point les préfaces, et les gourmands ne mangent pas la soupe, quoiqu'il arrive souvent que l'un et l'autre étoient ce qu'il y avoit de préférable dans le livre et sur la table.

Style du bastringue sentimental.

Depuis que je vous ai entendu chanter, mademoiselle, mes yeux ravis n'ont laissé mon cœur en repos qu'il n'ait pris la plume pour vous dire ce que j'ai ressenti quand l'amour m'a inspiré ce que vos appas m'ont tenu caché. Mais comme je sais qu'un jeune homme qui perpétue ses desirs éteint son amour-propre dans le creuzet de la satisfaction, c'est pour cela que, rempli de votre image, j'ai tracé ces lignes, où le pinceau du repentir ne mettra jamais le coloris de l'importunité, puisque si vous ne répondez pas à l'honneur de la présente, je ne prendrai la témérité que de vous en écrire une demi-douzaine dans les phrases circonspectes qui doivent accompagner l'honneur légitime d'une ardeur qui n'a rien en vue que tout le monde n'ignore, attendu l'étendue de vos charmes, contenus dans la puissance d'une taille prise entre deux nœuds de rubans, dont la couleur bleu-de-ciel, auroit sympatisé avec le rose de vos lèvres sans le noir d'ébène de vos yeux. Mais les flocons de cheveux qui flottoient sur votre corsage, en me laissant découvrir la petitesse de votre pied, ne m'ont pas empêché d'admirer encore votre bras, qui seroit potelé, sans l'immense proportion de votre embonpoint, qui ne permet point à aucun attrait de le faire distinguer à l'insuffisance d'un autre.

Si ma lettre vous trouve chez vous, où vous ne serez pas le jour qu'on vous la portera, vous voudrez bien y faire un mot de réponse, parce que je brûle d'inexactitude de voir votre style, qui doit être efficace, ainsi que vos connoissances dans la partie de l'écriture, qui ne laisse pas que d'embellir un discours par les verbes

auxiliaires qui se conjuguent si bien quand
on vous dit : *j'aime*, mot qui se translate en
italien *io amo*, et où les Italiens perdroient
leur latin s'ils vouloient vous le dire après
ma déclamation, qui est si naturelle quand
l'ame est inspirée par elle-même dans le
dévouement des passions extérieures. J'ose
me flatter, mademoiselle, que nul autre
que moi n'a fait jusqu'ici des avances où
leur galanterie ait marqué autant de dé-
préciation que la mienne : au premier
coup d'œil j'ai senti que vous étiez mon
fait, et qu'il étoit inutile que je divulgue
mes sentimens à une autre que je n'aurois
jamais rencontrée ; d'ailleurs je ne la cher-
chois pas, et l'inconsidération de vos regards étoit suffisante pour fixer la vivacité
de mon cœur stationné, par délicatesse,
aux genoux de vos divins attraits. Une
révérence a suffi pour me faire com-
prendre combien les dangers d'un tête-
à-tête sont persévérans dans la combinaison des penchans ; j'eusse été coupable
par amour-propre, mais j'ai préféré
devenir vertueux par ressemblance, et

tout ce que je vaux je le dois à cette éducation équivoque qui fait que l'opinion impénétrante ne balance jamais à se jeter dans le parti de la réflexion. C'est encore pourquoi il ne m'a point coûté de résistance pour vous adorer, et qu'il ne me faudra jamais commettre de sacrifice pour vous en détaler la persuasion : or, il seroit prudent que l'envie de mes rivaux, prête à se morfondre de tristesse, vous empêchât de donner jamais dans des panneaux qu'on pourroit lancer à votre érudition. Mais la simplicité de votre circonspection me rassure, et tout me prouve que vous ne tarderez pas à devenir mon épouse, avec laquelle je suis, mademoiselle, votre futur.   N.....

Nota-benè. Si vous me répondez, mettez mon adresse à votre lettre, car sans cela, il y a des gens assez bêtes pour l'envoyer ailleurs.

Succès.

Si un auteur vouloit se rendre compte de ses succès, il verroit qu'il les doit souvent à l'acteur : combien de mauvaises pièces n'ont été soutenues que par un comédien intelligent ou aimé du public!

De bons acteurs ont souvent fait réussir de mauvaises comédies, tandis qu'un bon rôle n'a jamais pu faire soutenir un acteur mauvais.

Presque la totalité des spectateurs jugent la pièce par l'acteur, et jamais l'acteur par les moyens que lui fournit l'auteur.

Syllabe.

Partie mécanique d'un mot, mesure des vers, et image d'un son. . . . . Que d'hommes ne jouent pas dans la société le même rôle qu'une syllabe dans un discours!... La syllabe ne peut se retrancher d'un vers, sans qu'il ne blesse ; tandis que tous les membres d'un lycée peuvent descendre chez les ombres, et la littérature ne pas perdre la valeur d'une syllabe.

Tableaux.

Souvent l'enthousiasme en fixe le prix, et la manie les fait acheter.

Un peintre passe sa vie à étudier l'art et la nature, pour faire un bon tableau, qu'il vend bien bon marché en comparaison des peines qu'il s'est données..... Un chaudronnier retrouve ce même tableau dans une vente publique, l'obtient à l'enchère pour un sou de plus, le revend le lendemain avec un gain de six cents pour cent, et douze fois plus cher que le prix qu'en avoit obtenu le peintre; rien n'est moins rare que cette injuste répartition des bénéfices; le moindre marchand de tableaux, qui sait à peine signer son nom, gagne plus d'argent en un mois, que le meilleur peintre en une année; et cependant l'un n'a ni esprit, ni talent, ni goût, ni aptitude au travail, tandis que l'autre a du génie, du goût, des connoissances, et qu'il n'est parvenu à trouver les secrets de son art que par de longues veilles.

Les peintres sont des abeilles qui ne vivent que de cire; les marchands de tableaux sont les guêpes qui mangent leur miel.

Les grands maîtres qui ont laissé beaucoup de tableaux, ressemblent à une
riche moisson qui donne la pâture à une
nuée d'insectes..... A quoi sert donc le
pinceau des *Raphaël* et des *Téniers*, puisque ce sont d'ignorans spéculateurs qui
viennent s'emparer, dans les ventes, des
salaires dus aux peintres, et qui mettent
un prix aux chefs-d'œuvre... Ces marchands
ont-ils les mains de Mydas? font-ils devenir or tout ce qu'ils touchent?

Tablettes.

C'est la chose du monde la plus inutile.
A - t - on besoin de noter le bien qu'on
veut faire? Il faut en saisir toutes les
occasions et ne jamais l'écrire. — Est-ce
pour se ressouvenir d'une épigramme?
Oublions-là plutôt, le cœur et l'esprit y
gagneront....

Pour écrire le nom de ma maitresse,
elles sont trop grandes, et pour contenir
la liste de mes rivaux, elles sont trop
petites.

Titre.

Comme c'est ce qui fait acheter un ouvrage, on en cherche toujours un piquant, qui souvent n'est que bizarre; quelquefois il est heureux; ce qui n'empêche pas l'ouvrage d'être mal traité. Mais qu'arrive-t-il? Que le titre a plu et que l'ouvrage a ennuyé.

Un titre fait autant le succès d'un livre qu'il assuroit la considération d'un homme; il n'y a ensuite que la médiocrité de l'un ou de l'autre qui fasse revenir de l'opinion que l'on en avoit d'abord conçue.

Quelques directeurs de spectacle changent le titre d'une pièce ancienne, afin de la donner au public comme une nouveauté; c'est une escroquerie manifeste qui appelle l'attention de la police, qui ne devroit jamais le souffrir. On punit le contrefacteur d'un ouvrage, il n'a volé qu'un libraire; punissez donc aussi le contrefacteur d'un titre, il a pris trente sous à cinq cents spectateurs, qui ne seroient point venus s'ils eussent su voir une pièce qu'ils savoient par cœur.

Tolérance.

C'est la religion des dieux ! c'est le culte du bonheur ! c'est la fille de la paix !

Sans l'égoïsme et l'intolérance, les hommes seroient heureux.

GUERRE A OUTRANCE A L'ÉGOÏSME ET A L'INTOLÉRANCE.

Trois cent soixante-six.

C'est, suivant l'écriture sainte, le nombre de la bête de l'Apocalypse..... Je n'ai jamais pu savoir ce que c'étoit que cette bête de l'Apocalypse, ni connoître *l'animal à neuf branches* qui réside dans le corps des femmes, suivant l'opinion des paysannes du Dauphiné; mais j'en ai été dédommagé par tant d'animaux extraordinaires que j'ai été forcé de voir dans la société, qu'en vérité je puis raisonner sur les bêtes surprenantes, aussi bien que *Buffon* pourroit le faire sur les animaux

domestiques..... Mais pourquoi parlerai-je
des bêtes ? je pourrois les réveiller.....
Chut ! ne troublons point leur sommeil ,
car c'est de leur repos que dépend le
nôtre.....

Trois cent soixante-six est aussi le
nombre des jours de l'année pour ceux
qui lisent les almanachs. Mais ce nombre
se multiplie à l'infini , quand on a ,
comme moi , le bonheur d'être aimé de
ROSE , et de pouvoir compter ses jours
par ses plaisirs.

Tu , Toi.

Ces deux mots sont d'un puissant effet,
dans un boudoir , sur la femme qu'on
presse de se rendre. J'en ai connu une
qui m'a avoué que lorsqu'un homme la
tutoyoit, il l'enivroit comme si elle avoit
bu des liqueurs fortes.

Tu , toi , c'est le langage de Cythère ;
mais ce langage perd son charme et son
éloquence à mesure qu'on s'éloigne des
lieux où l'on doit le parler : il n'a qu'un
charme local , c'est un vin qui n'est savou-

reux que sur le terroir. C'est le langage
des dieux dans le tête-à-tête, mais il
n'est plus qu'un langage vulgaire à la
ville, et il deviendroit une impertinence
à la cour.

Le tutoiement ôte en grâce au discours
ce qu'il lui rend en pureté : s'il est ridicule de dire *vous* à une seule personne,
il faut avouer qu'une phrase reçoit un
caractère magique par cette figure, qui
lui donne l'empreinte du respect, et qu'il
est agréable de pouvoir nuancer ses affections par le seul changement d'un pronom.

Turc.

Comment reconnoît-on un turc d'avec
un autre homme, demandoit un jour
une aimable dame à un savant ? C'est,
reprit ce dernier, par le croissant qu'il
porte sur sa tête..... Peu de temps après,
la dame entra dans un cercle très brillant,
où il y avoit beaucoup de maris dont elle
connoissoit la fidélité de leurs épouses.....
Ah ! que de turcs ! s'écria-t-elle.

Je suis certain que le proverbe, *fort*

comme un turc, n'a pas été trouvé par une odalisque qui dévore ses ennuis pendant des mois entiers, en attendant le bien heureux mouchoir que madame Angot ne ramassoit que pour se moucher.

Vengeance.

Heureux celui qui n'en a jamais été victime, mille fois plus heureux le mortel dont le cœur n'en a point connu les poisons.

La torche de la vengeance a souvent été allumée par le flambeau de l'amour, mais l'amour seul pouvoit légitimer la vengeance.

Vers.

Un vers est mauvais quand il peut être meilleur.

Si la rime et la mesure suffisoient pour faire des vers, avec Richelet et un chronomètre, on obtiendroit des stances, comme un chimiste obtient des essences avec du feu et un alambic.

Les vers ne sont que de l'exaltation, un poëme ne ressemble pas mal à un ballon enflé, qui ne recèle que du gaz et point de corps solide.

Les poëmes sur les sciences abstraites ne sont que des échafaudages qui ne prouvent, en leur faveur, que la difficulté vaincue, et qui n'ont pas plus de mérite, que l'exécution d'un *concerto*, dont le chant ne vaut pas la plus simple romance. On ne répond pas à des raisonnemens en n'opposant que des rimes; un double son ne vaut pas une idée.

L'ode, si orgueilleuse, n'est qu'un beau vase bien coloré, qu'il ne faut pas regarder en-dedans, parce qu'on y découvriroit le vide.

Vices.

On en reproche beaucoup aux grands: en voyant les choses de sang-froid, j'en ai remarqué autant dans les petits qui cherchoient à leur plaire.

Vierge.

La nature a fait les vierges et n'en a point voulu ; par-tout elle leur tend des piéges. Le vœu de virginité est un vœu anti-social. Le faire, c'est haïr l'espèce humaine ; c'est vouloir sa mort : aucune religion n'a pu le commander. La femme la plus recommandable pour la société est celle qui nourrit un enfant, soigne une basse-cour et prend soin de son mari ; c'est la vertu qui dit d'aimer cette bonne ménagère. L'imagination des libertins a prêté plus de charmes aux vierges, que les anachorètes ne leur en ont trouvé.

Vinaigre de rouge.

C'est un nouveau fard qui se fond mieux et tient plus long-temps sur la peau ; presque toutes nos femmes en font usage ; si elles se réveillent le matin avec des couleurs si vives, c'est le vinaigre de rouge de la veille qui produit encore son effet. Ce teint n'est pas naturel, dira quelque

lourdaud qui voudra singer le philosophe,
en blâmant les femmes, parce qu'il n'aura
pas trouvé le secret de leur pláire, ou
qu'il n'aura pas l'imagination assez volup-
tueuse pour les apprécier: qu'il apprenne
que ce rouge supplée au teint naturel, et
qu'il n'y a que le rouge que fait monter
la pudeur qu'on ne remplace pas.

Vivre.

Pour beaucoup de gens, c'est *manger;*
tandis que pour d'autres, c'est *penser.*
Dans ce cas, les cuisines de Naudet, et
les bibliothèques de Paris, servent aux
mêmes besoins..... Pour moi, qui seroit
fâché de suivre la route commune, *vivre,*
c'est *aimer,* car je trouve plus de suavité
dans les baisers de ROSE que dans une
charlotte de pommes, et plus d'esprit dans
sa conversation, que dans tous les poètes
imprimés par Cazin; aussi je vis et je crois
que les autres ne font que végéter.

Vrai, faux.

Un petit polisson vendoit, après le

ge de la loterie , la liste des cinq
méros qui venoient de sortir de la roue
fortune. Il falloit , pour en avoir
aucoup de débit , qu'il fit le tour de
ris , et qu'il ne la vendit que deux
ards : depuis, il s'est fait marchand d'ho-
scopes , et au lieu de vendre les cinq
uméros sortis , il débite les cinq qu'il
romet devoir sortir , qu'il ne cède pas
moins de deux sous : quoiqu'il trompe
ut le monde dans ce nouveau commerce,
t qu'il vende la même quantité de numéros hasardeux , trois fois plus cher
qu'il ne le faisoit quand il fournissoit les
certains, il a néanmoins plus de chalans!...
Cet homme doit-il vanter le vrai ou le
faux ?

F I N.